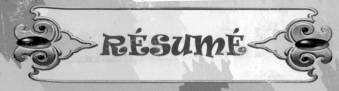

RÉSUMÉ

DE MOCHE À COOL

Vraiment ras le pompon de cette classe morne et sans vie. Et puis la bouffe de la cafétéria POUAH ! Même les chiens du quartier fuient les restes dans les poubelles...

FINIES LES FOLIES ! C'est le grand ménage, et des tas de choses vont changer, en commençant par nos fringues. Aujourd'hui, deux tornades vont tout chambouler :  et

© 2005

ISBN : 2-89595-096-2

Gouvernement du Québec - Programme de crédit
d'impôt pour l'édition de livres - Gestion SODEC

Boomerang éditeur jeunesse remercie la SODEC pour
l'aide accordée à son programme éditorial.

Imprimé au Canada
Dépôt légal : Bibliothèque nationale du Québec,
2ᵉ trimestre 2005
Dépôt légal : Bibliothèque et archives Canada,
2ᵉ trimestre 2005.

Boomerang éditeur jeunesse inc.
Québec (Canada)

Courriel : edition@boomerangjeunesse.com
Site Internet : www.boomerangjeunesse.com

Texte et illustrations par Richard Petit

Modèles numériques fournis par : Daz 3D, Renderosity, HandspanStudio,
ThorneWorks, Patrick A. Shields, TrekkieGrrrl, HIM666, Amber Jordan,
Maya, Laura Gilkey, 3dmodelz, Aya-Zoozi, Poism, Jen, Jaguarwoman,
Uzilite, Nymesis, Epken, HMG Designs, Quarker, Anton's FX, 3D Universe,
Hankster, Gerald Day, Palladium 17, HMann et plusieurs autres…

Il était **2** fois...

J'ai un peu le trac !

Bon ! Alors c'est moi qui vais lui expliquer. Il était **2** fois... est un roman TÊTE-BÊCHE, c'est-à-dire qu'il se lit à l'endroit, puis à l'envers.

NON ! NE TE METS PAS LA TÊTE EN BAS POUR LE LIRE... Lorsque tu as terminé une histoire, tu peux retourner le livre pour lire l'autre version de cette histoire. CRAQUANT, NON ? Commence par le côté que tu désires : celui de **4**-Trine ou mon côté à moi... Zoé !

J'peux continuer ? BON ! Et aussi, tu peux lire une histoire, et lorsque le texte change de couleur, retourne ton livre. À la même page de l'autre côté, tu vas découvrir des choses...

Deux aventures dans un même livre.

Tu crois qu'elle a capté ?

CERTAIN ! Elle a l'air d'être aussi brillante et géniale que nous...

Impossible de commencer cette histoire sans faire la description du quartier où habitent nos deux amies : Zoé et 4-Trine.

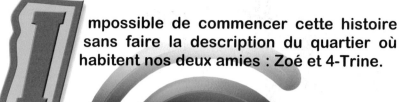

En gros, si t'es un écureuil avec comme seule ambition de te trouver des noix, ça peut aller. À Woopiville, il y a un grand parc dans lequel on retrouve plein de vieilles personnes.

Ces gens sont les pourvoyeurs de cacahuètes des écureuils et de graines pour les pigeons.

À Woopiville, les rues sont tellement propres que ça énerve. Par exemple, si une feuille tombe d'un arbre, eh bien ! dans les secondes qui suivent, quelqu'un vient la ramasser.

Si tu aperçois des papiers et des sacs de bonbons vides sur le trottoir, c'est que tu es devant le dépanneur. Le proprio s'appelle Tong Pou, il vient de la Vietnamie, je crois. **NON !** Du Vietnam, pardon…

Il ne connaît que deux mots en français : « oui » et « oui »… Bon, d'accord, c'est le même mot, mais lui, il dit aussi « oui » lorsqu'il veut dire « non ». Enfin lorsqu'il dit « oui » en fronçant les sourcils, c'est qu'il veut dire « non ». Dans le quartier, nous sommes tous habitués à le décoder.

Ce dépanneur est tout le contraire d'une boutique d'aliments naturels. Ça veut dire qu'il ne vend que

des cochonneries : croustilles, sucreries, boissons gazeuses. Tout près des étagères de gâteaux se trouve la section des magazines. À droite, les livres qui sont enveloppés dans une pellicule en plastique s'adressent uniquement aux adultes.

Dix-huit ans et plus !

C'est ce qui est écrit sur l'étiquette fluo collée sur la couverture...

Le père de Max en achète quelquefois. Une rumeur circule à l'école selon laquelle les gens seraient nus à l'intérieur de ces livres...

Deux garçons de seize ans ont déjà essayé d'en acheter un, une fois. Ils n'ont réussi qu'à se faire engueuler par Tong Pou. Se faire crier après dans une autre langue, ce n'est pas drôle. Ils n'essayeront plus...

Il y a un club vidéo où tous les jeunes traînent à l'heure du midi, car il n'est pas loin de l'école.

Léa, qui y travaille, est plutôt cool. Elle nous met des films sur les écrans de télé accrochés un peu partout au plafond. Des fois, ça prend plusieurs jours pour voir un film en entier, mais au moins, c'est « gratos »...

Si tu marches sur le boulevard de restos, tu vas rencontrer à coup sûr Son Éminence Émilio. C'est un clochard. C'est lui qui insiste pour se faire appeler comme ça. Il prétend avoir été roi d'un petit pays situé sur une île qui aurait malheureusement été engloutie, avec sa fortune...  ET SON TRÔNE !

Émilio est dans le « business des parcomètres », comme il dit.

EXPLICATIONS:

Lorsque vous allez manger dans un des restos, vous lui remettez à lui les pièces de monnaie, et il se charge de les mettre dans les parcomètres, mais seulement si c'est nécessaire. Il réussit toujours à faire des profits...

Il y a aussi une bibliothèque, une chocolaterie, deux banques, un salon de coiffure, un bar dans lequel on ne peut pas savoir ce qui se passe, car les vitres sont teintées.

Il y a aussi un atelier où un artiste peut te faire un tatouage. Il paraît que ça fait très mal... Ça aussi, c'est un peu une place pour les dix-huit ans et plus. C'est tout de même « LE FUN » de regarder les modèles sur les murs. Il y a toujours une grosse moto très bruyante stationnée devant l'atelier. Elle appartient au patron. Il aime la faire briller…

Et pour terminer, il y a Zoé et 4-Trine. Elles sont assez et même très « chumies » toutes les deux. « Inséparables » serait plus juste. Zoé est une jeune fille plutôt tranquille tandis que 4-Trine, elle, est un peu, BEAUCOUP espiègle…

Si l'une n'avait pas l'autre, elles deviendraient folles toutes les deux dans la « ville des écureuils », comme elles l'appellent.

SUPER COMPLICES…!!!

Maintenant, traçons ici, ensemble, un exemple d'une journée type de leur vie, pas du tout palpitante, il faut le dire.

NUL ! NUL ! NUL !

À 7 h, lever. Longue séance d'étirements sous les couvertures agrémentée de cris parentaux…

DEBOUT ! TU VAS ÊTRE EN RETARD !

À 7 h 25, un bol de ces céréales TRÈS BONNES pour la santé. OUAIS ! Mais le problème, c'est que ça doit passer par la bouche avant, et ça goûte la couche de bébé. Enfin, on s'imagine qu'une couche de bébé goûte ça…

8 h 15, la cloche de l'école sonne…

DRIIING !

Trois périodes de bâillements intensives qui nous

8

amènent à 12 h, où nous attend à la cafétéria un somptueux repas. Ici, ça ne peut pas être plus faux que ça.

Ce repas est en fait une assiette de carton dans laquelle on se fait servir une sorte de viande dans une sorte de sauce. 4-Trine appelle ça...

DU BRUN DANS UNE SAUCE BRUNE...

Il ne faut pas en échapper sur tes vêtements. Non, la sauce ne tache pas... ELLE FAIT DES TROUS !

13 h, reprise des cours et de tu sais quoi...

OUAAAAAAAAAAAAAAHHH ! ZZZZ !

15 h 36, la cloche sonne, et c'est fini. NON, CE N'EST PAS FINI ! Il faut faire nos devoirs et nos leçons.

18 h 15, repas en famille.

Je dois te faire remarquer que je n'ai pas encore dit les mots « amuser » et « plaisir », et la journée s'achève.

19 h, tâche ménagère pour aider maman, qui travaille toute la journée. Ça, c'est très bien...

19 h 45, se doucher, préparer le sac à dos pour demain et ranger un peu dans la chambre.

AH ! tiens, c'est terminé. Il reste un gros 3 minutes 17 secondes pour jouer une partie sur la console... WOW ! Sarcasme encore...

21 h, dodo.

Et le lendemain...

La même affaire !

Quelle vie trépidante...

Mais ce soir, c'est différent. Dans son lit, Zoé a de la difficulté à s'endormir. Elle pense à toutes sortes de choses. Les mains derrière la tête, elle regarde le plafond tout blanc de sa chambre.

« On dirait "La fresque de ma vie" ! soupire-t-elle tout bas. Plat ! Blanc ! Vide ! Je devrais dessiner sur ce plafond des étoiles ou la voûte d'une grotte avec des stalagmites colorées. Non, c'est vrai, ce sont les stalactites qui pendent de la voûte des cavernes. Les stalagmites, elles, s'élèvent en colonnes du sol. L'école, des fois, ce n'est pas complètement nul... Par un trou dessiné, je pourrais voir le ciel, faire des nuages et des oiseaux. Je peux faire ce que je veux avec ce plafond. »

D'un bond, Zoé se lève et se place devant le miroir de sa commode. Les cheveux plats, le teint pâle...

« Je suis le sosie, en tous points, de mon plafond ! » se dit-elle, toute dépitée.

Soudain, son visage s'illumine d'un magnifique sourire. Marchant sur les talons, elle attrape d'un air déterminé son réveil, change l'heure de la sonnerie puis va finalement se coucher.

« Bonne nuit, plafond », s'exclame-t-elle en se tournant sur le côté...

La sonnerie du réveil va retentir à 5 h cette nuit... POURQUOI ?

Qu'est-ce qu'elle peut bien préparer ? Il faut croire qu'elle vient d'avoir une idée, ça, c'est certain, mais quoi ?

Toutes les planètes du système solaire ne sont pas alignées dans l'espace, et il n'y a pas non plus d'au-

rore boréale !!! En fait, je pense qu'elle n'est plus capable de la routine. Écœurée, peut-être ? OUACHE ! Quel gros mot... Mais c'est peut-être ça ?

Quelle heure il est ? 21 h 47, juste 21 h 47 !!! PAS POSSIBLE ! C'est trop long. Il va falloir attendre plus de sept heures pour le savoir ?

Nah, nah nah, nah nah nah ! INSUPPORTABLE, CETTE ATTENTE !!!

Bon, d'accord, nous allons avancer l'heure. Pouvons-nous faire cela dans un livre ? Mais bien sûr, puisque tout le monde dort...

HI ! HI ! HI !

AH ! Tiens...

POUNG ! POUUUNG ! POUUUUUNG !

C'est le réveil qui sonne... IL EST 5 H !

Zoé donne une tape sur le bouton de son réveil et saute sur ses jambes, devant le miroir.

« Est-ce que j'ai vraiment du POTENTIEL VISUEL ? » se demande-t-elle, les deux mains sur les hanches.

Elle place ensuite ses cheveux avec ses doigts.

« Par ici cette mèche, par là celle-là. Je crois qu'avec un peu de COULEUR... Oui, COULEUR, j'aime beaucoup ce mot : COULEUR ! Je sais que je risque de me faire décapiter par mes parents, mais je leur dirai que je suis en pleine crise d'adolescence, c'est pas plus compliqué... C'est très grave, ce genre d'état, et il ne faut jamais contredire la personne affligée par cette maladie. Dit avec autant de conviction, ils vont me croire... »

Elle ouvre, décidée, la porte de sa garde-robe.

« Alors si je garde en tête le mot COULEUR, tout ce qui est gris, noir, beige et brun doit prendre le bord... DE LA POUBELLE ! »

Trois sacs à ordures plus tard...

« C'est le moment tant attendu de créer... MON STYLE À MOI ! Et mes magazines d'ado vont m'aider. Je vais découper cette tête-là, prendre ces jambes-là, les coller par-dessus ce corps-ci. J'adore les casse-tête ! Je vais ajouter cette coiffure-là, NON ! celle-là plutôt. Eh voilà ! C'EST FAIT ! »

Ensuite, elle fait rapidement le tour de la maison pour amasser tout ce qu'il lui faut : vêtements que maman ne met plus, rouge à lèvres... TEINTURE POUR LES CHEVEUX !

Sur son lit, elle étale tout son matériel pour sa métamorphose et ferme la porte de sa chambre.

 Verrouillée...

Pendant deux longues heures, des bruits bizarres parviennent de sa chambre.

« Mais qu'est-ce qu'elle peut bien faire enfermée comme ça ? demande sa mère, un peu inquiète, et avec raison. Je ne l'ai jamais vue se comporter d'une façon aussi SECRÈTE !!! »

Elle colle l'oreille à sa porte...

« Tout va bien, ma puce ?

— Tout est sous contrôle, maman, et ne m'appelle

plus puce, car je ne suis pas un insecte parasite… »

Sa mère hoche la tête et soupire…

« Le déjeuner est servi, je t'attends en bas.

— J'ARRIVE DANS QUEL-QUES SECONDES !!! »

À la table, le temps passe, et maman commence vrai-ment à s'impatienter. Elle regarde sa tasse vide et les miettes de son toast dans l'assiette.

« Bon ! C'est décidé, s'impatiente-t-elle… JE M'ÉNERVE ! NON, MAIS, QU'EST-CE QUE TU FOUS LÀ-HAUT ?

— J'arrive ! » répond-elle alors que la porte de sa chambre s'ouvre…

CLIC !

« Mieux vaut tard que jamais ! » souffle sa mère.

Elle regarde vers l'escalier et entrevoit les jambes de Zoé, et les sandales qu'elle-même portait lorsqu'elle était étudiante. Zoé les a peintes : elles sont maintenant… MAUVES !

Zoé descend toutes les marches et apparaît devant sa mère. De longues secondes passent sans qu'un seul mot ne sorte de sa bouche toute grande ouverte.

« Maman, dis quelque chose ou ferme ta bouche, tu vas avaler une mouche… »

Zoé fait quelques pas dans la cuisine comme une « top-modèle ».

« Je suis bouche bée ! dit sa mère, encore sous le choc. Tu as coupé et teint tes cheveux, mais c'est impossible de faire ça tout seul.

— Je me suis découvert un talent de contorsionniste. Lorsqu'on est vraiment motivé, tout est possible.

— ET MES SANDALES SOUVENIR ! Ces trois trous dans tes collants ! Je suis encore sous le choc...

— Tu aimes ou tu n'aimes pas ? demande Zoé.

— Je, je crois que j'aime, mais pourquoi tu as fait cela ?

— Je ne sais pas, mais ce dont je suis certaine, c'est que l'important est d'avoir du style... SON STYLE ! Et moi, maintenant... J'AI LE MIEN ! C'est mon amie 4-Trine qui va être surprise...

— Bon, ce n'est peut-être pas si pire, mais tu vas me promettre une chose, insiste sa mère. Si ton accoutrement fait un scandale à l'école, tu devras revenir à la maison pour te changer, c'est tout ce que je te demande...

— Parce que tu crois que c'est terminé, maman ? lui dit Zoé. NON ! Ce n'est que le début. Même l'école va subir une métamorphose, et j'en fais une affaire personnelle. Mon école est pire qu'un cimetière. »

PLATE À LA MORT !

Zoé aperçoit du coin de l'œil l'horloge.

« Je dois partir ! lance-t-elle à sa mère... MERCI POUR LES SANDALES ! »

Elle lui donne un bec sur la joue et court vite vers la porte d'entrée.

Direction le point de rendez-vous habituel : devant la chocolaterie.

Comme toujours, Zoé est là avant 4-Trine. Attendre devant la chocolaterie est un réel plaisir pour Zoé, car elle peut contempler la vitrine. Il y a toutes sortes de noix enrobées, des chocolats de toutes formes.

« Ah ! ce dragon aux yeux de bonbon... C'est lui que je mangerais en premier si j'étais la proprio du commerce ! s'imagine Zoé. Et je commencerais par ses yeux... MMMMMM ! »

Par un reflet dans la vitrine, elle aperçoit une silhouette qui s'approche. Elle se retourne. Non, ce n'est pas 4-Trine. C'est une drôle de fille curieusement vêtue, aux cheveux bicolores, très bizarre...

Et elle s'approche.

« HÉ ! YO, SISTA ! crie 4-Trine. Trouve-toi un autre paysage, celui-là est réservé...

— Tu me causes, tête de clown ? répond Zoé, qui s'arrête aussitôt, frappée de stupeur.

— 4-TRINE !!!

— ZOÉ !!! »

Toutes les deux s'examinent de la tête aux pieds. « MAIS QU'EST-CE QUE TU AS FAIT ? hurlent-elles en même temps.

— Je ne sais pas trop, raconte Zoé. C'est arrivé hier soir, je regardais le plafond et j'en ai eu soudain assez de croupir dans l'ombre. C'est arrivé comme ça. C'est difficile à expliquer. Je voulais du changement...

— IDEM POUR MOI ! explique à son tour 4-Trine. Ça m'a pris lorsque je répondais à un questionnaire stupide dans un magazine. J'ai eu tout à coup une idée. Je me suis levée à 5 h pour me MÉTAMORPHO-SER ! Je me sens comme un papillon qui vient de sortir d'un cocon.

— Tu es vraiment SENSATIONNELLE ! Très cool, ta coiffure, 4-Trine.

— Toi aussi, t'es pas mal GÉNIALE, tu sais ! Je pense qu'il y a des TAS de garçons qui vont graviter autour de toi... TU AS L'AIR D'UNE STAR !!! J'ai presque le goût de te demander ta signature...

— Ne rigole pas !

— Ah oui ! poursuit 4-Trine, ce n'est pas fini : pour l'école, j'ai des idées.

— T'es pas la seule ! Car moi non plus, je ne suis plus "cap" de cette ambiance de cimetière. Il faut faire bouger les choses...

— Alors... ALLONS-Y ! »

Poussées par ce vent de changements, ou plu-tôt... CETTE TORNADE DE CHANGEMENTS ! nos deux amies partent vers l'école.

« Il y a toujours le même attroupement de garçons à l'entrée de la cour, remarque Zoé. Nous allons encore nous faire dire des conneries...

— Ouais, peut-être, mais ce matin, ça va être très différent : nous allons répondre... prévient 4-Trine. Qui s'y frotte s'y pique...

— Moi, je ne suis jamais capable de répliquer. Faudrait que je me débarrasse de cette stupide timidité. Un vrai boulet ! »

Alors qu'elles arrivent à l'entrée, les garçons s'écartent. Fred, espèce de matamore à peine sorti de sa grotte d'homme des cavernes, aime bien se donner en spectacle, et comme toujours... IL VA LE FAIRE !

TANT PIS POUR LUI !!!

« Alors, mesdemoiselles, vous avez décidé de vous costumer ? C'est l'Halloween, quoi ? Vous voulez des bonbons ? Où sont vos sacs ?

— Bon ! Eh bien, voilà, je sais que tu n'es pas très bon en classe, alors je vais parler LENTEMENT ! Mon amie Zoé et moi, nous avons décidé de changer un tas de choses à l'école. Pour commencer, nous allons nous placer tout à fait en haut de la chaîne alimentaire. Ensuite, nous allons nous occuper personnellement de tous ceux qui voudront faire la loi ! Et si jamais tu veux savoir à quoi ressemble un derrière de mouche, TROUVE-TOI UN MIROIR ! »

Tous les autres garçons s'esclaffent...

HA ! HA ! HA ! HA ! HA !

« SILENCE ! hurle 4-Trine. Je n'ai pas fini. »

Tous les garçons se figent autour de 4-Trine, qui ressemble de plus en plus au prédateur. As-tu déjà vu le film qui porte ce nom ? Alors ça peut te donner une bonne idée de ce à quoi elle ressemble en ce moment...

« FRED ! poursuit-elle en avançant vers lui, si tu continues à énerver tout le monde à l'école, je ferai de toi... MON BUT DANS LA VIE ! Je vais assez te tomber sur les nerfs que tu en auras des boutons ! Je serai ton acné ! Tous les autres vont te traiter comme si tu étais une maladie sur pattes et vont te fuir. Ton avenir sera compromis... »

Fred observe 4-Trine, les épaules basses...

« Mais comme j'ai bon caractère, je vais te donner une chance, ajoute-t-elle alors que Fred fixe le sol. Tu

vas t'excuser auprès de tous ceux à qui tu as manqué de respect. Ensuite, reviens me voir, car nous
avons du travail. Ensemble, tout le monde ensemble,
nous allons faire de notre école un endroit super
cool... »

4-Trine regarde les autres garçons...

« Est-ce qu'il y a quelqu'un qui n'est pas d'accord
avec ce plan ? demande-t-elle.

— Euh ! non, madame, euh ! 4-Trine, bafouille
Bruno. Je peux vous appeler 4-Trine, n'est-ce pas ?

— Bruno, n'en fais pas trop », lui répond-elle.

DRIIING ! C'est la cloche qui sonne...

« Je déteste le timbre de cette sonnerie, se plaint
Zoé. Elle me casse vraiment les oreilles... »

Quatre étages à monter pour la classe 617. Au
deuxième palier, madame Monique surveille les
déplacements des élèves. Un avion de papier passe
tout près de son visage...

« QUI A LANCÉ CET AVION ? se met-elle à hurler
dans la cage de l'escalier. Je veux le savoir. C'est
très dangereux, un élève pourrait le recevoir dans un
œil.

19

— C'est S.-P., madame Monique. Simon-Pierre de la classe de Maryse, lui rapporte Zoé. Je l'ai vu.

— SIMON-PIERRE ! lance la surveillante sur un ton très autoritaire. Bureau de la directrice... IMMÉDIATEMENT ! »

4-Trine se mordille les lèvres.

« Mais ce n'est pas S.-P. qui a lancé l'avion, chuchote-t-elle aux oreilles de Zoé. Il était à côté de moi...

— Non, je sais, lui dit Zoé. Ça va compenser pour toutes les fois où il a fait un coup et qu'il a fait passer ça sur le dos d'un autre élève... »

En classe, c'est le foutoir habituel. Sur le plancher, des contenants de yogourt vides empestent l'air. La poubelle

JUSTICE !!!

est renversée, et des papiers froissés traînent partout autour.

« On dirait qu'une bombe nucléaire a éclaté, commente Zoé.

— Alors mes amis, pour ceux qui n'ont pas eu le temps de faire les devoirs que le prof a demandés hier, annonce Charles à tout le monde, j'ai ici pour vous des copies imprimées. Vous connaissez mes tarifs...

— MOI !

— MOI !

— ET MOI ! font trois élèves.

— Toute cette saleté, Charles qui fait du troc, dit Zoé, découragée. La classe ressemble à un vrai marché aux puces...

— YO ! Charles ! fait aussitôt 4-Trine. Tu réalises le tort que tu fais en vendant tes devoirs aux autres ?

— ET VOUS AUTRES ! poursuit Zoé en s'adressant aux trois paresseux, dites-moi ce que vous allez faire lorsque Charles ne sera plus dans votre classe. Vos notes vont baisser, le prof va se rendre compte que vous trichiez dans le passé, et vous finirez par écoper. La direction pourrait même aller jusqu'à vous rétrograder en première année. Imaginez le tableau : trois grands nonos entre des bambins. Quelle belle photo de classe !!! »

CONSTERNANT !

« Ça va vous mener nulle part, ce que vous faites, essaie de les convaincre 4-Trine.

— T'as une idée alors, Miss Monde ? lui demande Charles. Il faut nous amuser du mieux que nous le pouvons dans ce cimetière. Moi, au moins, j'agis ! Je fais quelque chose. »

GNANGNAN !

« TU VEUX VRAIMENT CHANGER LES CHOSES ? le défie-t-elle. Alors nous allons trouver. »

À leur pupitre, Zoé et 4-Trine réfléchissent...

21

« Bon, par quoi allons-nous commencer ? se demande Zoé, tout bas. LE MÉNAGE DE FOND EN COMBLE DE LA CLASSE ! Ça, c'est certain... ENSUITE, changement d'attitude des élèves. LE RESPECT ! Oui... C'est sûr qu'il y a une façon de s'amuser tout en apprenant. Je ne veux pas que les garçons se jettent devant moi pour m'ouvrir la porte, mais je veux un minimum de respect. ENSUITE, nous devons devenir... CONTAGIEUX ! Et contaminer l'école au grand complet... LES PROFS, EUX AUSSI ! »

Zoé brise le silence de la classe :

«  JE SAIS CE QUE NOUS ALLONS FAIRE !!! »

Tous les élèves sursautent...

« YIPIII ! MOI AUSSI, J'AI UN PLAN ! » crie ensuite 4-Trine.

Tout le monde sursaute encore une fois...

« Non, mais ! s'impatiente Charles. Vous allez finir par me faire "criser"...

— Tous ensemble SUPER COMPLICES ! commence à expliquer Zoé. Nous allons transformer la classe et ensuite... TOUTE L'ÉCOLE ! »

MEGA COOL !

« Il faut changer la "Je déteste l'école" attitude des élèves, planifie déjà 4-Trine. C'est à toi, Charles, qu'incombe cette tâche.

— WOW ! s'exclame-t-il, très perplexe. Changer le monde !!! Tu veux que j'arrête toutes les guerres aussi ???

22

— T'AS RIEN CAPTÉ ! constate alors 4-Trine. Au lieu de vendre des copies de devoirs, tu vas vendre aux élèves des méga méta ! Des méga métamorphoses... Sur cette feuille, chacun trouvera LA RECETTE pour changer son "look"... FINI LE GRIS ! Nous allons mettre de la couleur.

— Et avec l'argent amassé grâce à la vente des méga méta, poursuit Zoé, nous allons acheter tout le matériel qu'il nous faut pour retaper l'école. »

JE FLIPPE À MORT !

Tous les élèves de la classe, sans exception, sont fébriles.

OUPS ! Caroline, la prof, entre dans la classe.

« Dix minutes de lecture avant de commencer, ordonne-t-elle en s'assoyant derrière son pupitre. ALLEZ TOUT LE MONDE ! »

« Où est-ce que j'ai foutu ma bande dessinée de Poupoulidou ? fait Zoé en fouillant son sac. Ah ! la voici ! JE LOVE cet extraterrestre hyper méchant. Il est drôle et mignon comme tout... Je sais que 4-Trine va vraiment aimer ce genre d'histoire. C'EST TOUT À FAIT ELLE ! Après tout, elle aussi vient d'une autre planète !!! BLAGUE ! Je dis ça à cause de la façon dont elle est habillée. Elle qui n'aime pas lire, je la vois déjà qui s'amuse... »

TROP MIGNON !

Poupoulidou PART 1

À 40 000 000 000 DE BLIPUS DE LA TERRE, SUR UNE MINUSCULE PLANÈTE...

...HABITE UN ÊTRE RÉPUGNANT !

COMO ESTAS ?

EH OUI ! À PREMIÈRE VUE, IL SEMBLE GENTIL. TOTALEMENT INOFFENSIF ET TRÈS « CAJOLABLE »...

MAIS IL N'EN EST RIEN. C'EST UN ÊTRE GLOBALEMENT TRÈS VILAIN QUI NE PENSE QU'À DÉTRUIRE. DÉTRUIRE QUOI ?

LA TERRE !

POURQUOI ? PARCE QUE LES TERRIENS ONT DES TAS DE PIZZAS TOUTES GARNIES... C'EST FOU CE QUE LA JALOUSIE PEUT FAIRE...

HEUREUSEMENT QUE QUELQU'UN LE SURVEILLE ET L'EMPÊCHE DE METTRE SON SINISTRE PLAN À EXÉCUTION.

... À SUIVRE !

Caroline se lève.

« Alors maintenant, fait-elle sur un ton vaguement autoritaire, ouvrez vos...

— Madame ! l'interrompt 4-Trine. Tous les élèves de la classe, et je m'inclus dans ce groupe, ont un projet d'une importance capitale à vous proposer.

— Mais dis-moi, 4-Trine, demande Caroline, qui t'a élue présidente de la classe ?

— C'EST UNE BONNE IDÉE, ÇA ! lance soudain Zoé. Une présidente pourrait être la porte-parole de la classe. C'est très bon lorsqu'il faut négocier des trucs avec la direction.

— J'aime mieux PORTE-PAROLE que PRÉSIDENTE ! déclare 4-Trine. Présidente, ça fait un peu trop RÉPUBLIQUE DE BANANES !

— OUAIS ! fait Charles dans le coin de la classe. PÉPÉ de la classe ! Ça c'est COOL ! Les deux premières lettres des mots "porte" et "parole", ça donne PÉPÉ ! Pépé de la classe...

— Ça fait pas un peu vieillard ou grand-papa ? demande 4-Trine, pas du tout certaine. Nous voulons être jeunes et dynamiques...

— C'est pas nous qui avons dit qu'il fallait aussi s'amuser à l'école ? » lui précise Zoé.

4-Trine acquiesce de la tête...

« Bon, alors qui, dans la classe, vote en faveur de 4-Trine ? demande Zoé aux autres élèves. LEVEZ VOTRE MAIN ! »

Dans la classe, toutes les mains sont levées...

« ALORS À L'UNANIMITÉ, clame Zoé, EST ÉLUE PÉPÉ DE LA CLASSE... 4-TRINE !!!

— Jamais vu des élections aussi rapides, commente Caroline, la prof. Vous m'avez l'air vraiment décidés. Qu'est-ce que vous manigancez ? C'est quoi, votre projet d'une importance capitale ? »

Maintenant, c'est complètement inutile de répéter ici ce dont les élèves ont discuté avant l'arrivée de Caroline, alors avançons de plusieurs lignes...

« MAIS C'EST UNE EXCELLENTE IDÉE, se réjouit Caroline, cette transformation de l'école ! Mais si je peux vous donner un conseil, tout bon projet a besoin d'un bon slogan. Un slogan qui va accrocher tous les autres élèves. Nous pourrions l'afficher partout dans l'école. Pour le trouver, vous allez tous me mettre sur une feuille vos suggestions, vos créations. Lorsque tout le monde aura terminé, nous choisirons le meilleur. »

À peine 15 minutes plus tard, toutes les feuilles se retrouvent sur le pupitre de l'enseignante.

« Bon, maintenant, explique-t-elle, je vais lire les slogans, et après, nous sélectionnerons le meilleur... »

Dans la classe, tous les élèves sont d'accord.

« Premier slogan : "L'école... C'EST BON !" »

« NUL ! se dit dans sa tête Zoé. Très nul... Faudrait trouver un autre mot pire que nul. Va falloir que je cherche dans le dico, ça pourrait m'être utile un jour. »

« Deuxième slogan : "L'école, c'est comme de la crème glacée..." »

« Une chance que nous ne sommes pas notés pour ce travail, se réjouit Zoé, car il faudrait inventer un chiffre en bas de zéro. »

« Troisième slogan : "Venez à l'école et repartez avec votre cerveau bien rempli..." »

« Aïe ! Ce n'est pas vrai, ce que je vis là, gémit encore Zoé dans sa tête. Et puis pour trouver une idée, on se fouille dans le nez... »

« Quatrième slogan : "L'ÉCOLE EXTERMINE... l'ignorance." »

« Ça, c'est Poupoulidou qui l'a écrit... »

« Celui-là, je dois vous l'avouer, précise Caroline, je l'aime bien : "Ça, c'est l'éCOOLe !" »
Dans la classe, tous les élèves se regardent...
SUPER DÉMENT CAPOTÉ DÉBILE !
DRIIIIIIIIᴨᴨG ! C'EST LA RÉCRÉ...
« LA TERRE APPELLE ZOÉ ! crie 4-Trine à l'autre bout de la classe. Ne m'attends pas, j'ai à faire. Je dois administrer une bonne dose de MÉGA MÉTA sur un truc qui me tombe sur les nerfs depuis très longtemps ! À PLUS ! »
Dans le corridor, 4-Trine disparaît dans la foule.

« Elle s'en va, encore une fois, dans le local d'informatique, remarque Zoé. Elle va passer sa récré à télécharger des MP3 pour son baladeur, je parie... Et notre mission de changer l'école, qu'est-ce qu'elle en fait ? »
Zoé suit le flot d'élèves qui se rend dans la cour. Appuyés sur le mur de briques, trois garçons la remarquent...

« Ce que je vois me plaît beaucoup, lance l'un d'eux aux autres. Vous avez un catalogue ?

— UN CATALOGUE ! GNA, GNA ! se moque-t-elle. Oui ! Avec une très belle variété de pansements, de diachylons et de prothèses. Il y a même l'adresse de l'hôpital le plus près... »

Puis Zoé quitte le secteur en marchant sur les talons...

« Pas parlable, cette fille, lorsqu'elle est toute seule », dit un autre.

Autour de Zoé, des tas de filles se regroupent.

« ZOÉ ! ZOÉ ! Vraiment sensas, tes fringues et ton nouveau "look"... CRAQUANTS!!! CRAQUANTS!!!

— Il y a des rumeurs... DES TAS DE RUMEURS ! raconte une autre. Il va y avoir des changements à l'école. BEAUCOUP DE CHANGEMENTS !

— Les nouvelles vont vite ! constate Zoé, qui surveille la porte de l'école.

— Avec le bouche-à-bouche, ça a vite fait le tour de l'école ! explique Charlotte.

— Tu veux dire : BOUCHE À OREILLE ! la corrige une autre. Car bouche-à-bouche, ça veut d...

— Ah ! parce que toi, tu as déjà embrassé un garçon ! s'offusque Charlotte.

— Calmez-vous, les filles ! » leur conseille Zoé en apercevant 4-Trine qui court vers elle.

« Désolée ! s'excuse 4-Trine auprès de tout le monde. C'était ma dernière chance de m'inscrire au ballet. Je ne sais pas ce qui se passe, mais j'ai le goût de faire des tas de choses... »

Elle fait un clin d'œil à son amie Zoé.

« ALORS, ÉCOUTEZ TOUTES ! annonce Zoé. OUI, il va y avoir de grands changements à l'école. Toutefois, il va falloir commencer par... VOS VÊTEMENTS RIDICULES !

— Demain, vous pourrez vous procurer auprès de Charles, pour quelques sous, des MÉGA MÉTA, explique 4-Trine. La méga méta est une méthode PARFAITE et INFAILLIBLE pour que vous trouviez, VOUS AUSSI, votre style SUPER GÉNIAL. »

La récré se termine, et le haut-parleur, qui, d'habitude, crache une sonnerie insupportable, joue une chanson...

«ELLE T'AIME ? YEAH ? YEAH ? YEAH ?»

Tous les professeurs en surveillance dans la cour se retournent en même temps. 4-Trine cache avec sa main son sourire. Zoé comprend...

« *ELLE DIT QU'ELLE T'AIME !_* »

« Non, ce n'est pas vrai ! se dit-elle. Comment peut-elle avoir réussi ce coup ? C'est une vraie pirate de l'informatique, cette 4-Trine... »

« **YEAH ! YEAH ! YEAH !** »
Dans l'escalier...

« C'est quoi, la prochaine étape ? demande Zoé à 4-Trine. La cafétéria de l'école ?

— BONNE IDÉE ! fait 4-Trine. Que proposes-tu comme solution ?

— Ce n'est pas possible de cuisiner de la sorte, déclare-t-elle. Il n'y a qu'une seule chose que l'on peut tenter...

— QUOI ?

— Nous allons offrir au cuisinier... UN BEAU CADEAU ! Un livre de recettes...

— Tu réalises ce que tu dis ? s'étonne son amie. Je crois que ça va le vexer... »

ORGUEIL BLESSÉ !

« Non, non ! je suis pas mal certaine que ça va marcher, car ce cadeau lui sera offert par Maude, c'est sa chouchoute. Il lui donne toujours deux portions à elle le midi. Même si des fois, elle aimerait ne pas en avoir du tout... »

OUAH !

Dans la classe, tous les élèves s'installent.

« Le reste de l'avant-midi, commence Caroline, assise sur le bord de son pupitre, comme vous le savez, est réservé à l'écoute de vos oraux. À tour de rôle, vous allez venir en avant nous parler du sujet que vous avez choisi. »

angoisse généralisée !

« Parler en avant de la classe... JE HAIS ! JE DÉTESTE ! se dit Zoé. Voir les autres élèves me met si mal à l'aise que j'en bafouille. Il y en a qui en profitent pour somnoler, d'autres pour faire le ménage de certains trous de leur visage... YARK ! »

« Alors comme toujours, continue d'expliquer Caroline, nous allons y aller par tirage au sort. Je plonge la main dans ce bocal de verre qui contient tous vos prénoms. »

Caroline extirpe du bocal le premier prénom :

« CHARLES ! »

« Pauvre Charles ! » se dit Zoé, qui le comprend très bien...

« C'est pas vrai ! fait-il, découragé, en se levant de son pupitre.

— Viens, Charles ! l'encourage Caroline. Quel est ton sujet ?

— LA MOUCHE, madame... », répond-il tristement.

« PAUVRE CHARLES ! » répète Zoé.

« La mouche a été INVENTÉE à l'époque des dinosaures, il y a de cela plusieurs millions d'années. »

« Pauvre Charles! Il ne faut pas dire INVENTÉE, mais plutôt : a fait son apparition... »

« Une étude approfondie a permis aux scientifiques de déterminer que la mouche avait six pattes... TROIS DE CHAQUE CÔTÉ ! »

« Et dire qu'il y a encore des élèves qui disent à leurs parents qu'ils n'apprennent rien à l'école... » se moque Zoé, maintenant.

« Pour ceux qui n'ont jamais la chance de rencontrer une mouche en personne, laissez-moi pallier cette immense lacune dans vos connaissances en dessinant pour vous, sur ce tableau, un exemple d'une mouche. »

« Passez-moi la zappette, quelqu'un, que je change de chaîne... »

Sur le tableau, Charles trace maladroitement l'image de l'insecte.

« Charles, tu es TOP lorsqu'il s'agit de faire du troc, mais dans les arts... »

« Pour en savoir plus sur ce magnifique insecte, poursuit Charles, je l'ai observé dans son habitat naturel, c'est-à-dire près des endroits où les chiens vont à la toilette... »

 « OK ! se dit Zoé, qui en a assez, il va encore me couper l'appétit. Je me bouche les oreilles. »

Devant la classe, Charles termine son oral.

« .... ! »

Impossible bien sûr d'entendre quoi que ce soit les oreilles bouchées.

Il retourne à son pupitre, soulagé. « WAOUH ! C'est terminé... »

« Oh là là ! que le temps passe vite ! remarque Caroline. Je ne crois pas que nous aurons le temps d'écouter tous les oraux ce matin. Alors sans plus attendre... »

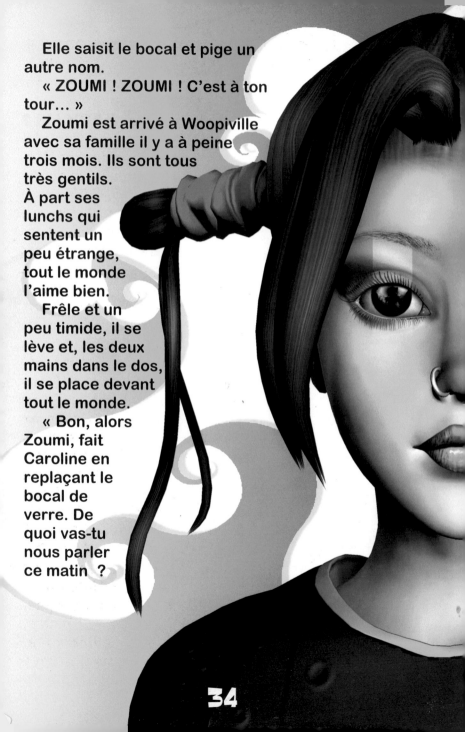

Elle saisit le bocal et pige un autre nom.

« ZOUMI ! ZOUMI ! C'est à ton tour… »

Zoumi est arrivé à Woopiville avec sa famille il y a à peine trois mois. Ils sont tous très gentils. À part ses lunchs qui sentent un peu étrange, tout le monde l'aime bien.

Frêle et un peu timide, il se lève et, les deux mains dans le dos, il se place devant tout le monde.

« Bon, alors Zoumi, fait Caroline en replaçant le bocal de verre. De quoi vas-tu nous parler ce matin ?

— Je vais vous parler, bien sûr, de ZORRO »,
lui répond-il, surpris par cette question.
Caroline le regarde d'un air étonné.
« ZORRO ? lui demande-t-elle.
ZORRO LE JUSTICIER ?
— Oui, madame. MERCI ! répond-il
en baissant la tête.
— Mais Zoumi, lui rappelle
Caroline, j'ai bien spécifié que le
sujet de votre oral ne pouvait
pas être les jeux vidéo, un
film et encore moins un
superhéros. Mais pourquoi
Zorro, dis-moi ?
— Parce que c'est vous
qui l'avez demandé,
madame, dit Zoumi. Les
Zorro devront être prêts
pour mardi matin. Nous
écouterons tous les Zorro
mardi prochain. Vous l'avez
dit plusieurs fois. Merci ! »
Plusieurs élèves sourient.
« Ah ! d'accord ! vient de
comprendre Caroline. Tu as
confondu "les oraux" avec "Zorro".
Zorro est un justicier et "oraux"
est le mot "oral"... AU PLURIEL !
Est-ce que tu comprends
maintenant ?
— Oui, madame Caroline,
acquiesce Zoumi,
la mine déconfite.
Je croyais que vous

35

étiez amoureuse de Zorro, car vous en parliez tout le temps. Les Zorro par-ci, les Zorro par-là. Tout le temps les Zorro... Lorsque j'en ai parlé à mes parents, ils ont presque voulu que je change d'école. De savoir que ma professeure était amoureuse d'un personnage de la télévision les a un peu inquiétés.

— **non, ce n'est pas vrai !** dit Caroline. Tu ne leur as pas raconté ça ?

— Non, madame, ce n'est pas vrai ! sourit-il de ses belles dents blanches. J'ai fait la blague. Merci... »

Caroline le regarde, bouche bée. Tous les élèves de la classe s'esclaffent...

« PETIT COQUIN ! Tu m'as bien eue, avoue-t-elle en hochant la tête, encore un peu hébétée. Soyons sérieux, maintenant : quel est le sujet de ton... ORAL ?

— Le sujet de mon oral, madame, ÉTAIT sur les difficultés d'apprentissage d'une autre langue, et j'ai terminé... »

Dans la classe, plusieurs élèves ne comprennent pas. Mais Caroline a tout saisi. Zoumi vient de prouver à tout le monde son point avec ce petit exercice...

« Tu m'impressionnes vraiment, Zoumi ! Je te félicite pour l'originalité de ta présentation... BRAVO ! Je suis très fière de t'avoir dans ma classe. »

Zoumi retourne à son pupitre, certain de recevoir une bonne note.

« SAUVÉS PAR LA CLOCHE ! lâche Zoé en courant vers la porte. »

« ELLE DIT QU'ELLE T'AIME ! — »

Comme toujours, à la cafétéria, la file d'attente est aussi longue que la Grande Muraille de Chine. Et comme elle, on pourrait la voir de l'espace.

« BON ! se décourage Zoé en apercevant tous les autres devant elle. Je pense que nous allons niaiser ici pas mal longtemps.

— Il ne reste plus de plateau, remarque 4-Trine. Comment on va faire pour transporter notre bouffe ?

— Nous allons demander à Simon de nous la déposer directement dans la bouche, comme ça, il va nous rester plus de temps pour aller dans la cour.

— T'as une grande gueule, mais pas à ce point... TU SAURAAAS !!! »

Au comptoir, quelques élèves grimacent.

« C'est de quelle couleur ce qu'on mange aujourd'hui ? demande Zoé. Tu vois quelque chose, toi ? »

Plus grande que son amie, 4-Trine étire le cou.

« RIEN ! lui répond-elle.

— RIEN ! Ça, c'est bon, et surtout, ce n'est pas engraissant du tout... »

4-Trine baisse tout à coup les paupières et sourit. Lorsqu'elle fait cela...

C'EST QU'ELLE A UNE IDÉE !

« Je te donne mon fric, et tu me prends la même chose que toi, lui dit 4-Trine en courant vers la sortie... »

37

Zoé compte les pièces de monnaie...

« Toujours pareil, il lui manque quelques pièces ! »
Derrière elle, quelqu'un pousse.

« EH OH ! DU CALME ! dit-elle avant de se retourner. Ça n'ira pas plus vite... »

OUPS ! c'est monsieur le directeur qui vient de se glisser derrière elle...

« Alors, ma petite Zoé, ça va bien en classe ? Tu t'entends bien avec ta professeure, Caroline ? »

« Oh non ! ça, c'est très mauvais signe, réalise Zoé. Lorsque le directeur nous parle de CETTE petite voix *ô COMBIEN STRESSANTE*, c'est qu'habituellement, ça va très mal se dérouler... »

« Très, très bien ! Et vous, monsieur ? Très joli votre complet BRUN. *CHIC !* Et cette cravate MOUTARDE ! **WOW !** Ils vous vont à ravir... »

SARCASME TRÈS ÉVIDENT !!!

« Dis-moi, ce matin, tu as entendu, comme tout le monde, la sonnerie de l'école, n'est-ce pas ? »

OH ! OH !

« OUI ! répond Zoé. Je vous félicite pour cette bonne idée. *BRAVO !* Non, vraiment...

— Eh bien ! vois-tu, lui explique le directeur, ça ne vient pas de moi ni d'aucun professeur. Eh oui ! l'école a encore été victime de vandales sans scrupules... »

Zoé, comme une comédienne de grand talent, feint d'être surprise.

« Où est ta **SUPER COMPLICE**, 4-Trine ? demande le directeur en regardant partout autour de lui. Qu'est-ce qu'elle manigance encore...

— RI-RIEN DU TOUT ! Je vous assure... »

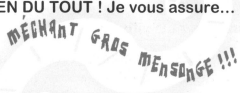

MÉCHANT GROS MENSONGE !!!

« Elle est à la toilette. Euh... Bon... ses parents l'ont forcée à manger des brocolis. Résultat : elle était verte ce matin... »

Sceptique, le directeur dévisage Zoé.

« Si jamais tu apprends qui a fait le coup, tu sais où se trouve mon bureau, n'est-ce pas ? Si tu ne t'en souviens pas, ton amie 4-TRINE, ELLE, le sait très bien... »

Puis il quitte la ligne d'attente sans la regarder.

PROBLÈME MAJEUR !!!

Zoé, soulagée, vide ses poumons.

« S'cusez-moi de vous demander pardon, mais je dois passer... »

C'est 4-Trine qui se fraie un chemin entre les autres élèves.

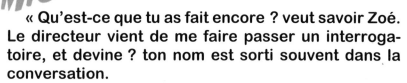

MISSION ACCOMPLIE !!!

« Qu'est-ce que tu as fait encore ? veut savoir Zoé. Le directeur vient de me faire passer un interrogatoire, et devine ? ton nom est sorti souvent dans la conversation.

— Ah bon ! fait 4-Trine, pas impressionnée du tout.

— Il veut savoir qui a fricoté la cloche de l'école... »

GROSSE ENQUÊTE !!!

« TUT ! TUT ! TUT ! Je m'en fous complètement. Et puis, ils ne le savent pas encore, mais ils sont vraiment... DANS LE TROUBLE ! Cette nuit, tu vas penser à moi, tu vas voir...

— Pourquoi cette nuit ? » lui demande Zoé.

Avec sa fourchette, elle pique un morceau de viande et le met dans sa bouche.

« mmmmmm ! Vraiment meilleur, ce midi, le brun dans la sauce brune... »

Après le dîner, c'est le retour en classe. Dernière avec Zoé à quitter la cafétéria, 4-Trine colle sur la porte une curieuse note...

ATTENTION !

Veuillez noter que demain, à la

CAFÉTÉRIA

seront servis aux élèves tous les repas oubliés le mois passé dans les casiers de l'école...

BON APPÉTIT !!!

« NON ! s'exclame Zoé. Tu ne vas pas faire ça ?

— RELAXE ! C'est pour mettre un peu de piquant... »

Dans la classe, tous les élèves sont assis et prêts à débuter. Caroline, la professeure, brasse son bocal et tire un prénom écrit sur un papier... ROSE !

« ROSE ! remarque Zoé. C'est le petit papier de 4-Trine. C'est le seul papier rose dans le bocal... »

« 4-TRINE ! 4-TRINE ! À ton tour... »

4-Trine pose ses mains sur son pupitre et, d'un bond, elle se lève. Devant tout le monde, elle inspire, prête à commencer. Mais Caroline l'arrête avant que le premier mot ne sorte de sa bouche...

« 4-Trine ! Excuse-moi de couper ton élan, mais je dois te dire une chose. Je n'ai pas du tout aimé ton attitude ce matin lorsque tu as ri de Charles. Je crois que tu as été irrespectueuse envers lui et j'exige que tu t'excuses auprès de lui et à toute la classe. »

Zoé observe 4-Trine et n'aimerait vraiment pas être à la place de son amie en ce moment.

Avec calme et dignité, 4-Trine s'excuse d'une façon très sincère auprès de tout le monde et surtout auprès de Charles. Ensuite, elle se retourne vers Caroline.

« Madame, lui dit-elle sur un ton poli, puis-je commencer ?

— Certainement ! lui répond Caroline. Quel est le sujet de ton oral ?

— LE RESPECT, madame. »

Un silence de mort envahit la classe...

« SORTEZ LES CAMÉRAS !!! Ça va barder... se dit Zoé, qui connaît TRÈS BIEN 4-Trine. Je ne l'ai jamais vue dans un état pareil. »

« LE RESPECT ! commence-t-elle. Si vous regardez tous dans votre dico, vous trouverez cette définition : "Fait de prendre en considération. Sentiment de considération envers une autre personne. Politesse", etc. Ce matin, pourquoi est-ce que j'ai ri de ce que disait Charles ? »

« Parce que C'ÉTAIT DRÔLE ! C'est tout. Vous vous êtes tous retenus pour ne pas rire et vous vous retenez aussi... DE L'AIDER ! Ce matin, j'ai fait quelque chose : J'AI RI ! Et la semaine prochaine, je vais encore faire quelque chose : je vais travailler avec lui dans la préparation de son oral, qui sera, je vous préviens, DU TONNERRE ! Pour moi, c'est ça, le respect... Merci ! »

Dans la classe, les élèves sont un peu mal à l'aise...

GROSSE LEÇON ICI !!!

Les haut-parleurs placés partout dans l'école crachent : « ELLE T'AIME ! YEAH ! YEAH ! YEAH ! ELLE DIT QU'ELLE T'AIME !... »

42

Côte à côte, Zoé et 4-Trine, leur sac accroché à leur dos, traversent la cour de l'école au son des murmures des autres élèves.

« ET HOP ! Si tu veux mon avis, dit Zoé, cette première journée de changements a été INCROYABLE...

— Nous avons beaucoup de travail à faire, mais c'était bien... UN TRÈS BON DÉBUT !

— Et nous nous sommes vraiment amusées, ajoute Zoé, et... »

Juste à la sortie de la cour d'école, un garçon s'approche des filles. OH NON ! c'est Maxime ! LE, oui, LE GARS LE PLUS BEAU ET LE PLUS COOL DE L'ÉCOLE ! TOUTES LES FILLES LE DISENT !!!

« Je crois qu'il nous attendait, murmure Zoé à l'oreille de 4-Trine.

— T'as des fils qui se touchent ? Maxime ne court JAMAIS après personne...

— Bon-bonjour, Zoé ! A-alors tu as beaucoup de devoirs et de-de leçons ce soir ? »

Il bafouille en plus!

« Tu crois que je peux te téléphoner, ce soir ? lui demande Maxime timidement.

— Oui, oui ! lui répond-elle. Je crois que tu en es capable. »

Puis elle lui jette un regard à faire fondre un glacier avant d'attraper 4-Trine par le bras et de partir...

Plus loin...

« YAHOOUUU ! Je ne peux pas croire que Maxime va m'appeler ce soir. LE RÊVE !!! Tu crois que j'ai dit ce qu'il fallait dire ?

— COMPLÈTEMENT !

— Très cool !!!

— ÉVIDEMMENT !!! »

Dans la rue, une rutilante moto s'arrête devant elles.

C'est Alex, le frère de Zoé.

« Alors les filles, tout baigne ? »

BECS SUR LES JOUES DE SON FRÈRE !

« Nous naaageons dans un océan de bonheur, répond 4-Trine.

— J'ai fini de travailler plus tôt, et maman m'a demandé de venir te chercher, explique Alex à sa sœur. Elle m'avait prévenu que tu avais

44

CHANGÉ TON **LOOK** et que tu étais beau-coup plus colorée. Alors j'ai cherché DEUX BOULES DE NOËL... et je vous ai facilement trouvées... »

Zoé donne un coup de poing sur l'épaule de son frère...

PAN !

« Idiot ! Ramenez-moi à la maison, CHAUFFEUR !
— Embarque ! »
Juste à côté, sur une clôture en bois, Zoé aperçoit une silhouette familière...

45

« 4-TRINE ! REGARDE ! C'est Capucine, TON CHAT !

— Mais qu'est-ce que tu fais si loin de la maison ? lui demande-t-elle en la cajolant. Méchant chat ! MÉCHANTE CAPU ! On rentre à la maison...

— Pense à moi... **CETTE NUIT !** crie 4-Trine à Zoé, qui s'éloigne sur la moto de son frère. PENSE À MOI... »

Zoé lui envoie la main. 4-Trine prend la patte de son chat ...

« BYE, BYE, ZOÉ ! Bye ! Bye ! »

VROOOOOOUUUUMMM !

C'est le milieu de la nuit, et des bruits réveillent Zoé. Elle bâille dans son lit et regarde son réveil...

De la musique provient de l'extérieur...

« Non, ce n'est pas possible ! Qui sont les idiots qui font la fête à une heure pareille, UN MERCREDI EN PLUS ! »

Choquée, elle titube jusqu'à la fenêtre, qu'elle parvient difficilement à ouvrir.

Elle tend l'oreille, et tout de suite un très large sourire apparaît sur son visage...

« ELLE T'AIME ! YEAH ! YEAH ! YEAH ! »

FIN

Retourne ton roman
TÊTE-BÊCHE
pour lire l'histoire de

4-Trine

© 2005

ISBN : 2-89595-096-2

Gouvernement du Québec - Programme de crédit
d'impôt pour l'édition de livres - Gestion SODEC

Boomerang éditeur jeunesse remercie la SODEC pour
l'aide accordée à son programme éditorial.

Imprimé au Canada
Dépôt légal : Bibliothèque nationale du Québec,
2e trimestre 2005
Dépôt légal : Bibliothèque et archives Canada,
2e trimestre 2005.

Boomerang éditeur jeunesse inc.
Québec (Canada)

Courriel : edition@boomerangjeunesse.com
Site Internet : www.boomerangjeunesse.com

Texte et illustrations par Richard Petit

Modèles en trois dimensions fournis par : Daz 3D, Renderosity,
HandspanStudio, ThorneWorks, Patrick A. Shields, TrekkieGrrrl, HIM666,
Amber Jordan, Maya, Laura Gilkey, 3dmodelz, Aya-Zoozi, Poism, Jen,
Jaguarwoman, Uzilite, Nymesis, Epken, HMG Designs, Quarker, Anton's
FX, 3D Universe, Hankster, Gerald Day, Palladium 17, HMann et plusieurs
autres…

RÉSUMÉ

DE MOCHE À COOL

Vraiment ras le pompon de cette classe
morne et sans vie. Et puis la bouffe
de la cafétéria POUAH ! Même les chiens
du quartier fuient les restes dans les
poubelles...

FINIES LES FOLIES ! C'est le grand
ménage, et des tas de choses vont
changer, en commençant par nos fringues.
Aujourd'hui, deux tornades vont tout
chambouler :  et

COOL !

AUX GARÇONS !

BLAGUE

ALEX

TRÈFE DE ZOÉ

A-trine

ZOÉ

ARCHI FAUX !

mon mail, quoi... Tchi!

Nous allons commencer par les présentations

Il était 2 fois...

J'ai un peu le trac !

Bon ! Alors c'est moi qui vais lui expliquer. Il était 2 fois... est un roman TÊTE-BÊCHE, c'est-à-dire qu'il se lit à l'endroit, puis à l'envers.

NON ! NE TE METS PAS LA TÊTE EN BAS POUR LE LIRE... Lorsque tu as terminé une histoire, tu peux retourner le livre pour lire l'autre version de cette histoire. CRAQUANT, NON ? Commence par le côté que tu désires : celui de 4-Trine ou mon côté à moi... Zoé !

J'peux continuer ? BON ! Et aussi, tu peux lire une histoire, et lorsque le texte change de couleur, retourne ton livre. À la même page de l'autre côté, tu vas découvrir des choses...

Deux aventures dans un même livre.

Tu crois qu'elle a capté ?

CERTAIN ! Elle a l'air d'être aussi brillante et géniale que nous...

mpossible de commencer cette histoire sans faire la description du quartier où habitent nos deux amies : Zoé et 4-Trine.

En gros, si t'es un écureuil avec comme seule ambition de te trouver des noix, ça peut aller. À Woopiville, il y a un grand parc dans lequel on retrouve plein de vieilles personnes.

OUAHH ! ELLES ONT PLUS DE VINGT ANS !

Ces personnes sont les pourvoyeurs de cacahuètes des écureuils et de graines pour les pigeons.

À Woopiville, les rues sont tellement propres que ça énerve. Par exemple, si une feuille tombe d'un arbre, eh bien ! dans les secondes qui suivent, quelqu'un vient la ramasser.

Si tu aperçois des papiers et des sacs de bonbons vides sur le trottoir, c'est que tu es devant le dépanneur. Le proprio s'appelle Tong Pou, il vient de la Vietnamie, je crois. NON ! Du Vietnam, pardon...

Il ne connaît que deux mots en français : « oui » et « oui »... Bon, d'accord, c'est le même mot, mais lui, il dit aussi « oui » lorsqu'il veut dire « non ». Enfin lorsqu'il dit « oui » en fronçant les sourcils, c'est qu'il veut dire « non ». Dans le quartier, nous sommes tous habitués à le décoder.

Ce dépanneur est tout le contraire d'une boutique d'aliments naturels. Ça veut dire qu'il ne vend que

des cochonneries : croustilles, sucreries, boissons gazeuses. Tout près des étagères de gâteaux se trouve la section des magazines. À droite, les livres qui sont enveloppés dans une pellicule en plastique s'adressent uniquement aux adultes.

Dix-huit ans et plus !

C'est ce qui est écrit sur l'étiquette fluo collée sur la couverture…

Le père de Max en achète quelquefois. Une rumeur circule à l'école selon laquelle les gens seraient nus à l'intérieur de ces livres…

Deux garçons de seize ans ont déjà essayé d'en acheter un, une fois. Ils n'ont réussi qu'à se faire engueuler

par Tong Pou. Se faire crier après dans une autre langue, ce n'est pas drôle. Ils n'essayeront plus...

Il y a un club vidéo où tous les jeunes traînent à l'heure du midi, car il n'est pas loin de l'école.

Léa, qui y travaille, est plutôt cool. Elle nous met des films sur les écrans de télé accrochés un peu partout au plafond. Des fois, ça prend plusieurs jours pour voir un film en entier, mais au moins, c'est « gratos »...

Si tu marches sur le boulevard de restos, tu vas rencontrer à coup sûr Son Éminence Émilio. C'est un clochard. C'est lui qui insiste pour se faire appeler comme ça. Il prétend avoir été roi d'un petit pays situé sur une île qui aurait malheureusement été engloutie, avec sa fortune...  ET SON TRÔNE !

Émilio est dans le « business des parcomètres », comme il dit.

EXPLICATIONS:

Lorsque vous allez manger dans un des restos, vous lui remettez à lui les pièces de monnaie, et il se charge de les mettre dans les parcomètres, mais seulement si c'est nécessaire. Il réussit toujours à faire des profits...

Il y a aussi une bibliothèque, une chocolaterie, deux banques, un salon de coiffure, un bar dans lequel on ne peut pas savoir ce qui se passe, car les vitres sont teintées.

Il y a aussi un atelier où un artiste peut te faire un tatouage. Il paraît que ça fait très mal... Ça aussi,

c'est un peu une place pour les dix-huit ans et plus. C'est tout de même « LE FUN » de regarder les modèles sur les murs. Il y a toujours une grosse moto très bruyante stationnée devant l'atelier. Elle appartient au patron. Il aime la faire briller...

Et pour terminer, il y a Zoé et 4-Trine. Elles sont assez et même très « chumies » toutes les deux. « Inséparables » serait plus juste. Zoé est une jeune fille plutôt tranquille tandis que 4-Trine, elle, est un peu, BEAUCOUP espiègle...

Si l'une n'avait pas l'autre, elles deviendraient folles toutes les deux dans la « ville des écureuils », comme elles l'appellent.

SUPER COMPLICES !!!

Maintenant, traçons ici, ensemble, un exemple d'une journée type de leur vie, pas du tout palpitante, il faut le dire.

NUL ! NUL ! NUL !

À 7 h, lever. Longue séance d'étirements sous les couvertures agrémentée de cris parentaux...

DEBOUT ! TU VAS ÊTRE EN RETARD !

À 7 h 25, un bol de ces céréales TRÈS BONNES pour la santé. OUAIS ! Mais le problème, c'est que ça doit passer par la bouche avant, et ça goûte la couche de bébé. Enfin, on s'imagine qu'une couche de bébé goûte ça...

8 h 15, la cloche de l'école sonne...

DRIIIING !

Trois périodes de bâillements intensives qui nous

amènent à 12 h, où nous attend à la cafétéria un somptueux repas. Ici ça ne peut pas être plus faux que ça. Ce repas est en fait une assiette de carton dans laquelle on se fait servir une sorte de viande dans une sorte de sauce. 4-Trine appelle ça...

DU BRUN DANS UNE SAUCE BRUNE...

Il ne faut pas en échapper sur tes vêtements. Non, la sauce ne tache pas... ELLE FAIT DES TROUS !

13 h, reprise des cours et de tu sais quoi...

OUAAAAAAAAAAAAAAAHHH ! ZZZZ !

15 h 36, la cloche sonne, et c'est fini. NON, CE N'EST PAS FINI ! Il faut faire nos devoirs et nos leçons.

18 h 15, repas en famille.

Je dois te faire remarquer que je n'ai pas encore dit les mots « amuser » et « plaisir », et la journée s'achève.

19 h, tâche ménagère pour aider maman, qui travaille toute la journée. Ça, c'est très bien...

19 h 45, se doucher, préparer le sac à dos pour demain et ranger un peu dans la chambre.

AH ! tiens, c'est terminé. Il reste un gros 3 minutes 17 secondes pour jouer une partie sur la console... WOW ! Sarcasme encore...

21 h, dodo.

Et le lendemain...

La même affaire !

Quelle vie trépidante...

Seule dans sa chambre, IMPECCABLEMENT BIEN RANGÉE, 4-Trine répond aux questions d'un test stupide d'un magazine à potins artistiques.

« Êtes-vous le genre de fille qui pourrait plaire à Ben, à Leonardo ou à Brad ? »

Le coude bien accoté sur son petit bureau de travail, le poing enfoncé dans sa joue, elle réfléchit.

« Aimez-vous les sorties au resto ? »

« Tu parles d'une question idiote !!! dit-elle avec le bout de ses lèvres déformées par la mauvaise position sur son pupitre. T'aimes manger, t'aimes les restos, c'est logique, ça… »

TEST TERMINÉ ! C'est le temps de cumuler le score…

« Alors 5 ici, 0 là, plus 10, plus 5, plus 5 et encore 5, calcule-t-elle. Ça me fait un grand total de : 35. »

« Si vous obtenez 30 et plus, vous êtes très susceptible de plaire à ces trois stars du cinéma. »

« PFOU ! fait-elle avant de se planter devant son miroir. « Vraiment aucun rapport avec ce test. Non, mais vous avez vu mon style ? Pas étonnant que tous les gens veuillent me pincer la joue, j'ai l'air d'une poupée… DÉCOURAGEANT !!! »

La tête entre les épaules, elle se dirige vers son lit et enfouit son visage dans son oreiller. Elle lève soudain la tête…

« PAS SI CON QUE ÇA, CE TEST ! » lance-t-elle tout à coup.

Elle étire le bras et tourne le plus gros bouton de son réveil : 5 h. Puis elle s'endort, sourire aux lèvres…

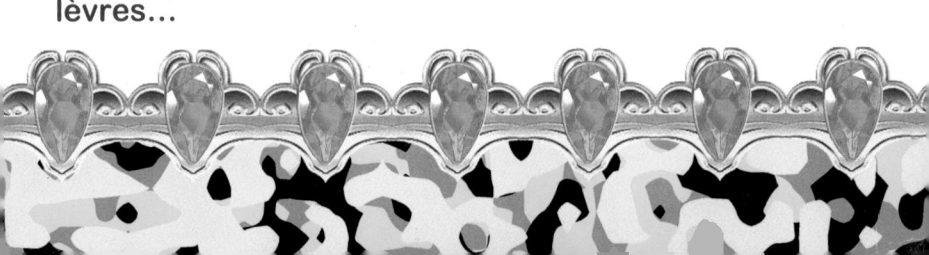

Qu'est-ce qu'elle peut bien préparer ? Il faut croire qu'elle vient d'avoir une idée, ça, c'est certain, mais quoi ?

Toutes les planètes du système solaire ne sont pas alignées dans l'espace, et il n'y a pas non plus d'aurore boréale !!! En fait, je pense qu'elle n'est plus capable de la routine. Écœurée, peut-être ? OUACHE ! Quel gros mot... Mais c'est peut-être ça ?

Quelle heure il est ? 21 h 47, juste 21 h 47 !!! PAS POSSIBLE ! C'est trop long. Il va falloir attendre plus de sept heures pour le savoir ?

Nah, nah nah, nah nah nah ! INSUPPORTABLE, CETTE ATTENTE !!!

Bon, d'accord, nous allons avancer l'heure. Pouvons-nous faire cela dans un livre ? Mais bien sûr, puisque tout le monde dort...

HI ! HI ! HI !

AH ! Tiens...

POUNG ! POUUUNG ! POUUUUUNG !

C'est le réveil qui sonne... IL EST 5 H !

4-Trine étend le bras gauche et ferme la sonnerie. Ouf ! 5 h !!! Elle ne s'est jamais levée si tôt !

« Bon, c'est parti ! » dit-elle devant le miroir.

Elle pointe son doigt vers son reflet.

« TOI ! Tu as suffisamment squatté ma chambre, SORS D'ICI ! Je ne veux plus voir ta face. Retourne dans ton conte de fées et... EMPORTE TES BIGOUDIS ! »

Maintenant qu'elle est prête à passer à l'action, elle se frotte les mains et réfléchit...

« Pour commencer, mon prénom. Je ne suis plus CAP de répondre aux gens qui me demandent si "Catherine", ça s'écrit avec un "C" ou un "K". Le prochain qui me le demande, je vais lui répondre : NI L'UN NI L'AUTRE ! Il s'écrit avec un "4" pour "4-Trine"... »

« BON ! Ensuite... Pour ma méga transfo, ça va me prendre du matériel. Les magazines de mode à maman, la boîte de vieux vêtements qui est dans le garage, les ciseaux, du fil, ET – elle va m'étriper, c'est certain – SON MAQUILLAGE !!! » 4-Trine note tout sur un bout de papier.

Sac de plastique en main, elle fait le tour de la maison et amasse tout ce dont elle a besoin. Dans la cuisine, elle arrive face à face avec son père, qui prend tranquillement son café.

OH LÀ LÀ !!!

« OUAH ! hurle-t-elle en le voyant. Tu m'as flanqué une de ces frousses, papa !

— Je dois être au bureau très tôt aujourd'hui. Mais toi, qu'est-ce que tu fais debout à cette heure-ci ?

— Euh... je, j'ai un genre d'expérience sur la mode à faire pour vendredi, et je me suis dit que je pourrais bien travailler un peu là-dessus tous les jours et...

— QUOI ! Prendre de l'avance sur tes travaux scolaires ??? Je ne te reconnais pas, là...

— Eh bien ! justement... C'EST LE THÈME DE CE TRAVAIL !!! » finit-elle en s'enfuyant en direction de sa chambre.

12

Pendant deux longues heures, des bruits très bizarres parviennent de sa chambre.

« Mais qu'est-ce qu'elle peut bien faire enfermée comme ça ? demande sa mère, un peu inquiète, et avec raison. Je ne l'ai jamais vue se comporter d'une façon aussi...

SECRÈTE !!! »

Elle colle l'oreille à sa porte...

« Tout va bien, ma puce ?

— Tout est sous contrôle, maman, et ne m'appelle plus puce, car je ne suis pas un insecte parasite... »

Sa mère hoche la tête et soupire...

« Le déjeuner est servi, je t'attends en bas.

— J'ARRIVE DANS QUELQUES SECONDES !!! »

À la table, le temps passe, et maman commence vraiment à s'impatienter. Elle regarde sa tasse vide et les miettes de son toast dans l'assiette.

« Bon ! C'est décidé, s'impatiente-t-elle... JE M'ÉNERVE ! NON, MAIS, QU'EST-CE QUE TU FOUS LÀ-HAUT ?

— J'arrive ! » répond-elle alors que la porte de sa chambre s'ouvre...

« Mieux vaut tard que jamais ! » souffle sa mère.

Elle regarde vers l'escalier et entrevoit les jambes de 4-Trine. Elle porte à ses pieds des bottillons... VERTS ET NOIRS ! Sur chaque jambe, elle a enfilé

13

des collants de couleurs et de motifs différents. Au milieu de l'escalier, elle s'élance et atterrit bruyamment sur le plancher de la cuisine.

« Ta-Daam !!! fait-elle en ouvrant les bras. Je te présente la nouvelle... MOI ! »

« MAIS QU'EST-CE QUE TU AS FAIT À TES CHE-VEUX ? hurle la mère de 4-Trine. Ils sont violet et vert. Où sont tes belles boucles dorées ?

— Maman ! Je n'ai plus trois ans et je ne vais plus à la garderie.

— Mais est-ce que tu t'es bien regardée dans un miroir ? Tu as l'air de... tu ressembles à...

— Peu importe ! dit 4-Trine, sûre d'elle.

— C'était quoi le problème avant ? demande sa mère, découragée.

— Avant ??? Je ressemblais à la Belle au bois dormant, au Petit Chaperon rouge, à Gretel, à Boucles D'Or... TOUTES EN MÊME TEMPS !

— MON DIEU ! s'emporte soudain sa mère. Tu t'es fait un trou dans le nez pour mettre un anneau...

— OUI ! AVEC LA PERCEUSE À PAPA ! Mais non, qu'est-ce que tu penses ! Ce n'est qu'une boucle d'oreille que j'ai remodelée en anneau. C'est fou ce que ça a l'air vrai...

— BON ! Supposons que ton père survit à la crise cardiaque, ils ne te laisseront jamais entrer à l'école accoutrée de cette façon...

— Mon prof, le directeur ET L'ÉCOLE, j'en fais mon affaire, fais-moi confiance. »

4-Trine attrape son sac à dos et quitte en trombe la maison.

14

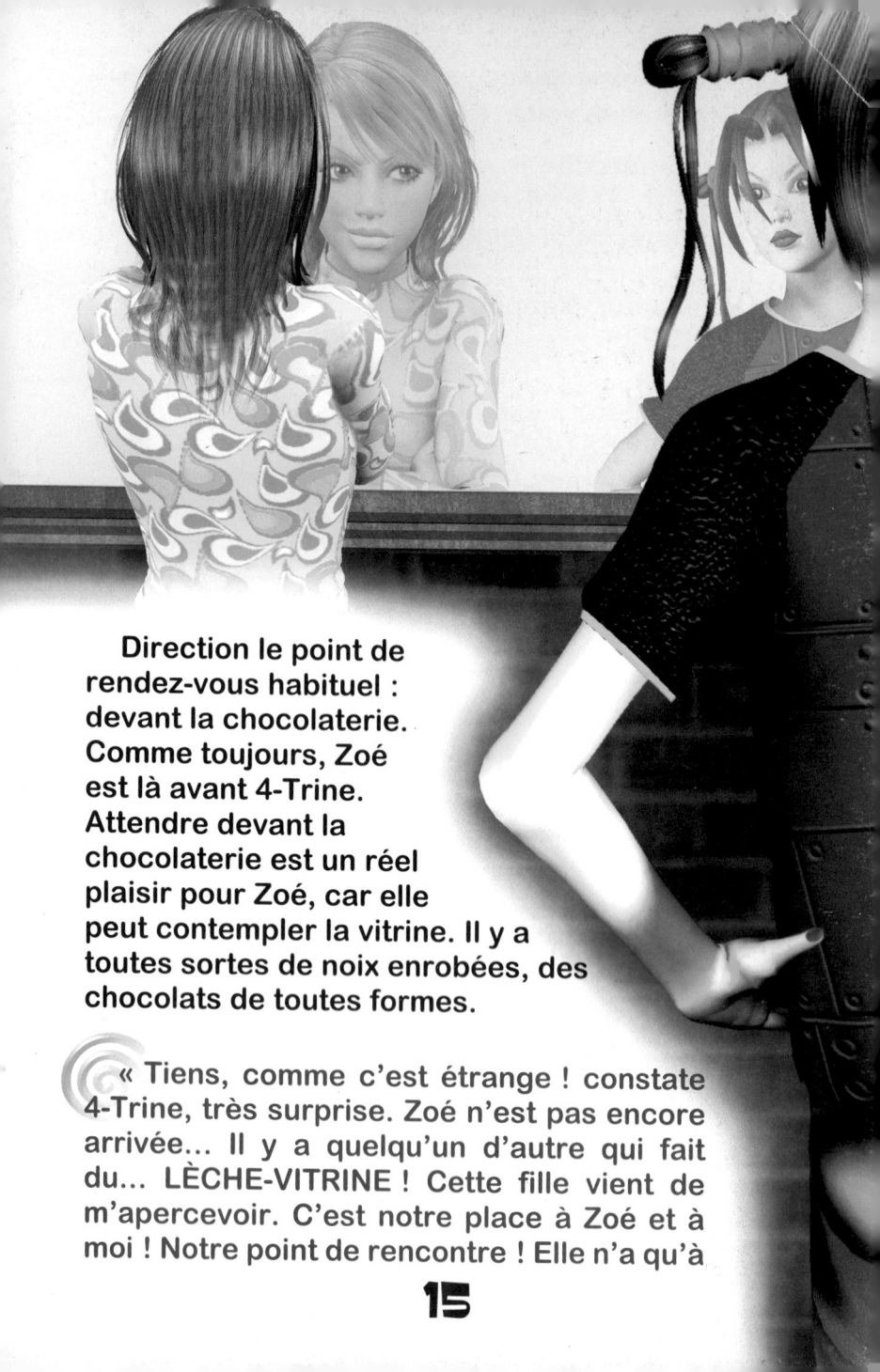

Direction le point de rendez-vous habituel : devant la chocolaterie. Comme toujours, Zoé est là avant 4-Trine. Attendre devant la chocolaterie est un réel plaisir pour Zoé, car elle peut contempler la vitrine. Il y a toutes sortes de noix enrobées, des chocolats de toutes formes.

« Tiens, comme c'est étrange ! constate 4-Trine, très surprise. Zoé n'est pas encore arrivée... Il y a quelqu'un d'autre qui fait du... LÈCHE-VITRINE ! Cette fille vient de m'apercevoir. C'est notre place à Zoé et à moi ! Notre point de rencontre ! Elle n'a qu'à

s'en trouver, une place, si elle veut attendre ses amies. Vous allez voir... ELLE VA DÉGAGER ! »

Et elle s'approche.

« HÉ ! YO, SISTA ! crie 4-Trine. Trouve-toi un autre paysage, celui-là est réservé...

— Tu me causes, tête de clown ? répond Zoé, qui s'arrête aussitôt, frappée de stupeur.

— 4-TRINE !!!

— ZOÉ !!! »

Toutes les deux s'examinent de la tête aux pieds.

« MAIS QU'EST-CE QUE TU AS FAIT ? hurlent-elles en même temps.

— Je ne sais pas trop, raconte Zoé. C'est arrivé hier soir, je regardais le plafond et j'en ai eu soudain assez de croupir dans l'ombre. C'est arrivé comme ça. C'est difficile à expliquer. Je voulais du changement...

— IDEM POUR MOI ! explique à son tour 4-Trine. Ça m'a pris lorsque je répondais à un questionnaire stupide dans un magazine. J'ai eu tout à coup une idée. Je me suis levée à 5 h pour me MÉTAMORPHO-SER ! Je me sens comme un papillon qui vient de sortir d'un cocon.

— Tu es vraiment SENSATIONNELLE ! Très cool, ta coiffure, 4-Trine.

— Toi aussi, t'es pas mal GÉNIALE, tu sais ! Je pense qu'il y a des TAS de garçons qui vont graviter autour de toi... TU AS L'AIR D'UNE STAR !!! J'ai

presque le goût de te demander ta signature...

— Ne rigole pas !

— Ah oui ! poursuit 4-Trine, ce n'est pas fini : pour l'école, j'ai des idées.

— T'es pas la seule ! Car moi non plus, je ne suis plus "cap" de cette ambiance de cimetière. Il faut faire bouger les choses...

— Alors... ALLONS-Y ! »

Poussées par ce vent de changements, ou plutôt... CETTE TORNADE DE CHANGEMENTS ! nos deux amies partent vers l'école.

« Il y a toujours le même attroupement de garçons à l'entrée de la cour, remarque Zoé. Nous allons encore nous faire dire des conneries...

— Ouais, peut-être, mais ce matin, ça va être très différent : nous allons répondre... prévient 4-Trine. Qui s'y frotte s'y pique...

— Moi, je ne suis jamais capable de répliquer. Faudrait que je me débarrasse de cette stupide timidité. Un vrai boulet ! »

Alors qu'elles arrivent à l'entrée, les garçons s'écartent. Fred, espèce de matamore à peine sorti de sa grotte d'homme des cavernes, aime bien se donner en spectacle, et comme toujours... IL VA LE FAIRE !

« Alors, mesdemoiselles, vous avez décidé de vous costumer ? C'est l'Halloween, quoi ? Vous voulez des bonbons ? Où sont vos sacs ?

17

— Bon ! Eh bien, voilà, je sais que tu n'es pas très bon en classe, alors je vais parler LENTEMENT ! Mon amie Zoé et moi, nous avons décidé de changer un tas de choses à l'école. Pour commencer, nous allons nous placer tout à fait en haut de la chaîne alimentaire. Ensuite, nous allons nous occuper personnellement de tous ceux qui voudront faire la loi ! Et si jamais tu veux savoir à quoi ressemble un derrière de mouche, TROUVE-TOI UN MIROIR ! »

Tous les autres garçons s'esclaffent...

HA ! HA ! HA ! HA ! HA !

« SILENCE ! hurle 4-Trine. Je n'ai pas fini. »

Tous les garçons se figent autour de 4-Trine, qui ressemble de plus en plus au prédateur. As-tu déjà vu le film qui porte ce nom ? Alors ça peut te donner une bonne idée de ce à quoi elle ressemble en ce moment...

« FRED ! poursuit-elle en avançant vers lui, si tu continues à énerver tout le monde à l'école, je ferai de toi... MON BUT DANS LA VIE ! Je vais assez te tomber sur les nerfs que tu en auras des boutons ! Je serai ton acné ! Tous les autres vont te traiter comme si tu étais une maladie sur pattes et vont te fuir. Ton avenir sera compromis... »

Fred observe 4-Trine, les épaules basses...

« Mais comme j'ai bon caractère, je vais te donner une chance, ajoute-t-elle alors que Fred fixe le sol. Tu vas t'excuser auprès de tous ceux à qui tu as

manqué de respect. Ensuite, reviens me voir, car nous avons du travail. Ensemble, tout le monde ensemble, nous allons faire de notre école un endroit super cool… »

4-Trine regarde les autres garçons…

« Est-ce qu'il y a quelqu'un qui n'est pas d'accord avec ce plan ? demande-t-elle.

— Euh ! non, madame, euh ! 4-Trine, bafouille Bruno. Je peux vous appeler 4-Trine, n'est-ce pas ?

— Bruno, n'en fais pas trop », lui répond-elle.

DRIIING ! C'est la cloche qui sonne…

« Cette détestable sonnerie sera ma première mission de la journée, songe 4-Trine alors qu'elle entre dans l'école. Je vais m'en charger à la récré… »

Quatre étages à monter pour la classe 617. Au deuxième palier, madame Monique surveille les déplacements des élèves. Un avion de papier passe tout près de son visage…

« QUI A LANCÉ CET AVION ? se met-elle à hurler dans la cage de l'escalier. Je veux le savoir. C'est très dangereux, un élève pourrait le recevoir dans un œil.

— Je ne sais pas qui est l'irresponsable qui a fait ça, dit 4-Trine à madame Monique, mais j'espère que vous allez l'attraper...

— SIMON-PIERRE ! lance la surveillante sur un ton très autoritaire. Bureau de la directrice... IMMÉDIATEMENT ! »

4-Trine se mordille les lèvres.

« Mais ce n'est pas S.-P. qui a lancé l'avion, chuchote-t-elle aux oreilles de Zoé. Il était à côté de moi...

— Non, je sais, lui dit Zoé. Ça va compenser pour toutes les fois où il a fait un coup et qu'il a fait passer ça sur le dos d'un autre élève... »

En classe, c'est le foutoir habituel. Sur le plancher, des contenants de yogourt vides empestent l'air. La poubelle est renversée, et des papiers froissés traînent partout autour.

« On dirait qu'une bombe nucléaire a éclaté, commente Zoé.

— Alors mes amis, pour ceux qui n'ont pas eu le temps de faire les devoirs que le prof a demandés hier, annonce Charles à tout le monde, j'ai ici pour vous des copies imprimées. Vous connaissez mes tarifs...

— MOI !

— MOI !

— ET MOI ! font trois élèves.

— Toute cette saleté, Charles qui fait du troc, dit Zoé, découragée. La classe ressemble à un vrai marché aux puces...

— YO ! Charles ! fait aussitôt 4-Trine. Tu réalises le tort que tu fais en vendant tes devoirs aux autres ?

— ET VOUS AUTRES ! poursuit Zoé en s'adressant aux trois paresseux, dites-moi ce que vous allez faire lorsque Charles ne sera plus dans votre classe. Vos notes vont baisser, le prof va se rendre compte que vous trichiez dans le passé, et vous finirez par écoper. La direction pourrait même aller jusqu'à vous rétrograder en première année. Imaginez le tableau : trois grands nonos entre des bambins. Quelle belle photo de classe !!! »

CONSTERNANT !

« Ça va vous mener nulle part, ce que vous faites, essaie de les convaincre 4-Trine.

— T'as une idée alors, Miss Monde ? lui demande Charles. Il faut nous amuser du mieux que nous le pouvons dans ce cimetière. Moi, au moins, j'agis ! Je fais quelque chose. »

GNANGNAN !

« TU VEUX VRAIMENT CHANGER LES CHOSES ? le défie-t-elle. Alors nous allons trouver. »

À leur pupitre, Zoé et 4-Trine réfléchissent...

21

« Alors moi, je ne vois qu'une solution, se met à penser 4-Trine. Avec un bulldozer, il faut raser le tout et recommencer !!! AH NON ! poursuit-elle en faisant non de la tête, TROP DRACONIEN ! Je sais ! Nous allons métamorphoser la classe. Ménage, rangement, peinture, MAGNIFIQUES dessins sur les murs. Il faut aussi transformer les élèves... TOUS LES ÉLÈVES ! Une MÉGAMORPHOSE... »

Zoé brise le silence de la classe :

«  JE SAIS CE QUE NOUS ALLONS FAIRE !!! »

Tous les élèves sursautent...

« YIPIII ! MOI AUSSI, J'AI UN PLAN ! » crie ensuite 4-Trine.

Tout le monde sursaute encore une fois...

« Non, mais ! s'impatiente Charles. Vous allez finir par me faire "criser"...

— Tous ensemble SUPER COMPLICES ! commence à expliquer Zoé. Nous allons transformer la classe et ensuite... TOUTE L'ÉCOLE ! »

« Il faut changer la "Je déteste l'école" attitude des élèves, planifie déjà 4-Trine. C'est à toi, Charles, qu'incombe cette tâche.

— WOW ! s'exclame-t-il, très perplexe. Changer le monde !!! Tu veux que j'arrête toutes les guerres aussi ???

— T'AS RIEN CAPTÉ ! constate alors 4-Trine. Au lieu de vendre des copies de devoirs, tu vas vendre aux élèves des méga méta ! Des méga métamor-

phoses… Sur cette feuille, chacun trouvera LA RECETTE pour changer son "look"… FINI LE GRIS ! Nous allons mettre de la couleur.

— Et avec l'argent amassé grâce à la vente des méga méta, poursuit Zoé, nous allons acheter tout le matériel qu'il nous faut pour retaper l'école. »

JE FLIPPE À MORT !

Tous les élèves de la classe, sans exception, sont fébriles.

OUPS ! Caroline, la prof, entre dans la classe.

« Dix minutes de lecture avant de commencer, ordonne-t-elle en s'assoyant derrière son pupitre. ALLEZ TOUT LE MONDE ! »

GO ! GO ! GO !

« LIRE, LIRE, ET LIRE ! se répète 4-Trine. Je déteste ça, LIRE ! C'est une chance que les bandes dessinées existent. Poupoulidou ? Qu'est-ce que c'est que ce livre de bibliothèque que Zoé m'a refilé ? Un petit extraterrestre tacheté ! C'est pas vrai ! Je lui demande de me trouver une bande dessinée genre GUERRE DE L'ESPACE et elle m'apporte un livre de la section MATERNELLE ! Bon, c'est quoi l'histoire ? Un bébé "alien" qui apprend à uriner dans un petit pot galactique… »

TROP MIGNON !

Poupoulidou PART 2

MAMANLIDOU !

COMME TOUTES LES BONNES MÈRES, ELLE TENTE DE RAISONNER SON FILS. ELLE UTILISE DES ARGUMENTS CANONS.

EXTERMINER LA RACE HUMAINE, CE N'EST PAS GENTIL !

MAIS POUPOULIDOU NE PEUT SE DÉBARRASSER DE CETTE OBSESSION.

MAMANLIDOU DÉCIDE ALORS D'USER DU DROIT QUE LUI CONFÈRE SON STATUT DE FIGURE D'AUTORITÉ. SI POUPOULIDOU CONTINUE D'AVOIR DES IDÉES NOIRES, ELLE MENACE DE LUI ADMINISTRER... UNE PUNITION !

TA-DAAM !!!

JE VAIS CONFISQUER TA CONSOLE DE JEUX VIDÉO CHÉRIE...

Caroline se lève.

« Alors maintenant, fait-elle sur un ton vaguement autoritaire, ouvrez vos…

— Madame ! l'interrompt 4-Trine. Tous les élèves de la classe, et je m'inclus dans ce groupe, ont un projet d'une importance capitale à vous proposer.

— Mais dis-moi, 4-Trine, demande Caroline, qui t'a élue présidente de la classe ?

— C'EST UNE BONNE IDÉE, ÇA ! lance soudain Zoé. Une présidente pourrait être la porte-parole de la classe. C'est très bon lorsqu'il faut négocier des trucs avec la direction.

— J'aime mieux PORTE-PAROLE que PRÉSI-DENTE ! déclare 4-Trine. Présidente, ça fait un peu trop RÉPUBLIQUE DE BANANES !

— OUAIS ! fait Charles, assis dans le coin de la classe. PÉPÉ de la classe ! C'est COOL ! Les deux premières lettres des mots "porte" et "parole", ça donne PÉPÉ ! Pépé de la classe…

— Ça fait pas un peu vieillard ou grand-papa ? demande 4-Trine, pas du tout certaine. Nous vou-lons être jeunes et dynamiques…

— C'est pas nous qui avons dit qu'il fallait aussi s'amuser à l'école ? » lui précise Zoé.

4-Trine acquiesce de la tête…

« Bon, alors qui, dans la classe, vote en faveur de 4-Trine ? demande Zoé aux autres élèves. LEVEZ VOTRE MAIN ! »

Dans la classe, toutes les mains sont levées…

« ALORS À L'UNANIMITÉ, clame Zoé, EST ÉLUE PÉPÉ DE LA CLASSE… 4-TRINE !!!

— Jamais vu des élections aussi rapides, com-mente Caroline, la prof. Vous m'avez l'air vraiment décidés. Qu'est-ce que vous manigancez ? C'est

quoi, votre projet d'une importance capitale ? »

Maintenant, c'est complètement inutile de répéter ici ce dont les élèves ont discuté avant l'arrivée de Caroline, alors avançons de plusieurs lignes...

« MAIS C'EST UNE EXCELLENTE IDÉE, se réjouit Caroline, cette transformation de l'école ! Mais si je peux vous donner un conseil, tout bon projet a besoin d'un bon slogan. Un slogan qui va accrocher tous les autres élèves. Nous pourrions l'afficher partout dans l'école. Pour le trouver, vous allez tous me mettre sur une feuille vos suggestions, vos créations. Lorsque tout le monde aura terminé, nous choisirons le meilleur. »

À peine 15 minutes plus tard, toutes les feuilles se retrouvent sur le pupitre de l'enseignante.

« Bon, maintenant, explique-t-elle, je vais lire les slogans, et après, nous sélectionnerons le meilleur... »

Dans la classe, tous les élèves sont d'accord.

« Premier slogan : "L'école... C'EST BON !" »

« Je ne sais pas qui a écrit celui-là, pense 4-Trine, mais ça va m'empêcher de dormir quelques nuits de savoir qu'il y a dans ma classe... UN DANGEREUX PAREIL ! »

« Deuxième slogan : "L'école, c'est comme de la crème glacée..." »

« PARDON, pense 4-Trine, mais si la prof demande des précisions à celui ou celle qui a écrit ce slogan, je m'évanouis... »

« Troisième slogan : "Venez à l'école et repartez avec votre cerveau bien rempli..." »

« TÊTE À DOUBLES NŒUDS ! »

« Quatrième slogan : "L'ÉCOLE EXTERMINE... l'ignorance." »

« Là, c'est certain : il y a des maniaques dans la classe... »

« Celui-là, je dois vous l'avouer, précise Caroline, je l'aime bien : "Ça, c'est l'éCOOLe !" »
Dans la classe, tous les élèves se regardent...
SUPER DÉMENT CAPOTÉ DÉBILE !
DRIIIIIINNG ! C'EST LA RÉCRÉ...
« LA TERRE APPELLE ZOÉ ! crie 4-Trine à l'autre bout de la classe. Ne m'attends pas, j'ai à faire. Je dois administrer une bonne dose de MÉGA MÉTA sur un truc qui me tombe sur les nerfs depuis très longtemps ! À PLUS ! »
Dans le corridor, 4-Trine disparaît dans la foule.

Dans le local d'informatique, 4-Trine saute sur un ordi inoccupé et insère une disquette. CLIC ! Internet. CLIC ! Ce site, et voilà...
« Il ne me reste plus qu'à sélectionner la pièce... »
Sur l'écran défilent des tas de titres de chansons.
« NUL ! MÉGA PLATE ! TSOIN, TSOIN ! Misère ! Ils sont tous vraiment POUBELLES ! OUPS ! fait-elle soudain. CELUI-LÀ !!! »

27

CLIC !
Voulez-vous télécharger ce titre ?
« YES ! SISTA… »
CLIC !
BIDIBOUM ! Téléchargement terminé.
CHLAC ! La disquette dans la main, direction local de rangement près de la sortie.

VITE ! VITE ! VITE !

« Personne… PARFAIT !!! »

Dans l'école, il n'y a aucun élève qui sait qu'il y a un ordi caché dans cette pièce, à part 4-Trine. La disquette entrée dans la fente de l'appareil, 4-Trine pitonne sur le clavier.

CHLIC ! CHLIC ! CHLIC ! CHLIC ! CHLIC !

« VOILÀ ! sourit-elle. Le fichier "SON" de la cloche de l'école. OUAIS ! Tout est électronique maintenant. Je sélectionne mon fichier et… »

CHLIC !

« CONFIGURÉ ! Ah ! tiens, des curseurs avec lesquels je pourrais prolonger le temps de la récréation. Ah ! non, je ne suis pas du style à faire ce genre de truc... JE VAIS ÊTRE BEAUCOUP PLUS ORIGINALE !!! »

CHLIC !

Dans la cour, Zoé, impatiente, lui jette un regard...

« Désolée ! s'excuse 4-Trine auprès de tout le monde. C'était ma dernière chance de m'inscrire au ballet. Je ne sais pas ce qui se passe, mais, j'ai le goût de faire des tas de choses... »

Elle fait un clin d'œil à son amie Zoé.

« ALORS, ÉCOUTEZ TOUTES ! annonce Zoé. OUI, il va y avoir de grands changements à l'école. Toutefois, il va falloir commencer par... VOS VÊTEMENTS RIDICULES !

— Demain, vous pourrez vous procurer auprès de Charles, pour quelques sous, des MÉGA MÉTA, explique 4-Trine. La méga méta est une méthode PARFAITE et INFAILLIBLE pour que vous trouviez, VOUS AUSSI, votre style SUPER GÉNIAL. »

La récré se termine, et le haut-parleur, qui, d'habitude, crache une sonnerie insupportable, joue une chanson...

Tous les professeurs en surveillance dans la cour se retournent en même temps. 4-Trine cache avec sa main son sourire. Zoé comprend…

« ELLE DIT QU'ELLE T'AIME !_ »

« Alors pour éviter de me faire prendre sur ce coup, se dit 4-Trine, je vais me féliciter MOI-MÊME et fermer ma trappe… »

« YEAH ! YEAH ! YEAH ! »

Dans l'escalier…

« C'est quoi, la prochaine étape ? demande Zoé à 4-Trine. La cafétéria de l'école ?

— BONNE IDÉE ! fait 4-Trine. Que proposes-tu comme solution ?

— Ce n'est pas possible de cuisiner de la sorte, déclare-t-elle. Il n'y a qu'une seule chose que l'on peut tenter…

— QUOI ?

— Nous allons offrir au cuisinier… UN BEAU CADEAU ! Un livre de recettes…

— Tu réalises ce que tu dis ? s'étonne son amie. Je crois que ça va le vexer… »

ORGUEIL BLESSÉ !

« Non, non ! je suis pas mal certaine que ça va marcher, car ce cadeau lui sera offert par Maude, c'est sa chouchoute. Il lui donne toujours deux por-

tions à elle le midi. Même si des fois, elle aimerait ne pas en avoir du tout... »

OUAIS !

Dans la classe, tous les élèves s'installent.

« Le reste de l'avant-midi, commence Caroline, assise sur le bord de son pupitre, comme vous le savez, est réservé à l'écoute de vos oraux. À tour de rôle, vous allez venir en avant nous parler du sujet que vous avez choisi. »

angoisse généralisée !

« BON ! Voilà ! C'est généralement dans ces moments MÉMORABLES que je suis prise de très violentes crises abdominales... À FORCE DE RIRE ! se réjouit 4-Trine. La dernière fois, Charles a été vraiment génial ; j'espère que c'est lui qui va débuter... »

« Alors comme toujours, continue d'expliquer Caroline, nous allons y aller par tirage au sort. Je plonge la main dans ce bocal de verre qui contient tous vos prénoms. »

Caroline extirpe du bocal le premier prénom :

« CHARLES ! »

« EXCELLENT ! » laisse échapper 4-Trine.

« C'est pas vrai ! fait-il, découragé, en se levant de son pupitre.

— Viens, Charles ! l'encourage Caroline. Quel est ton sujet ?

— LA MOUCHE, madame... », répond-il tristement.

31

« BRAVO, CHARLES ! sourit 4-Trine. C'est un choix judicieux... PLEIN DE POTENTIEL ! »

« La mouche a été INVENTÉE à l'époque des dinosaures, il y a de cela plusieurs millions d'années. »

« PFFFFFFFF ! fait 4-Trine, qui se retient d'éclater de rire en se cachant le visage dans un livre. Je pense que c'est illégal d'être tordant comme ça. »

« Une étude approfondie a permis aux scientifiques de déterminer que la mouche avait six pattes... TROIS DE CHAQUE CÔTÉ ! »

« Merci, Charles ! Moi, j'ai toujours pensé qu'elles avaient quatre pattes d'un côté, une de l'autre et une dernière... DANS LA BOUCHE ! »

« Pour ceux qui n'ont jamais la chance de rencontrer une mouche en personne, laissez-moi pallier cette immense lacune dans vos connaissances en dessinant pour vous, sur ce tableau, un exemple d'une mouche. »

« YES ! jubile 4-Trine. C'est lorsqu'il fait un dessin au tableau qu'habituellement, je meurs... DE RIRE ! »

Sur le tableau, Charles trace maladroitement l'image de l'insecte.

« HI ! HI ! HI ! HI ! HI ! Oups ! Caroline me regarde... »

« Pour en savoir plus sur ce magnifique insecte, poursuit Charles, je l'ai observé dans son habitat

32

naturel, c'est-à-dire près des endroits où les chiens vont à la toilette… »

« CERVEAU APPELLE MES DEUX INDEX ! soupire 4-Trine. Bouchez vite mes oreilles, ça presse. Je ne veux pas entendre ça. »

Devant la classe, Charles termine son oral.
« ……. … …. …. …….. …. .. .. .. … … … ! »

Impossible bien sûr d'entendre quoi que ce soit les oreilles bouchées.

Il retourne à son pupitre, soulagé. « KAOUH ! C'est terminé… »

Caroline écrit quelques notes dans ce fameux cahier qu'elle cache toujours dans un tiroir verrouillé, et regarde ensuite l'horloge.

« Oh là là ! que le temps passe vite ! remarque Caroline. Je ne crois pas que nous aurons le temps d'écouter tous les oraux ce matin. Alors sans plus attendre… »

33

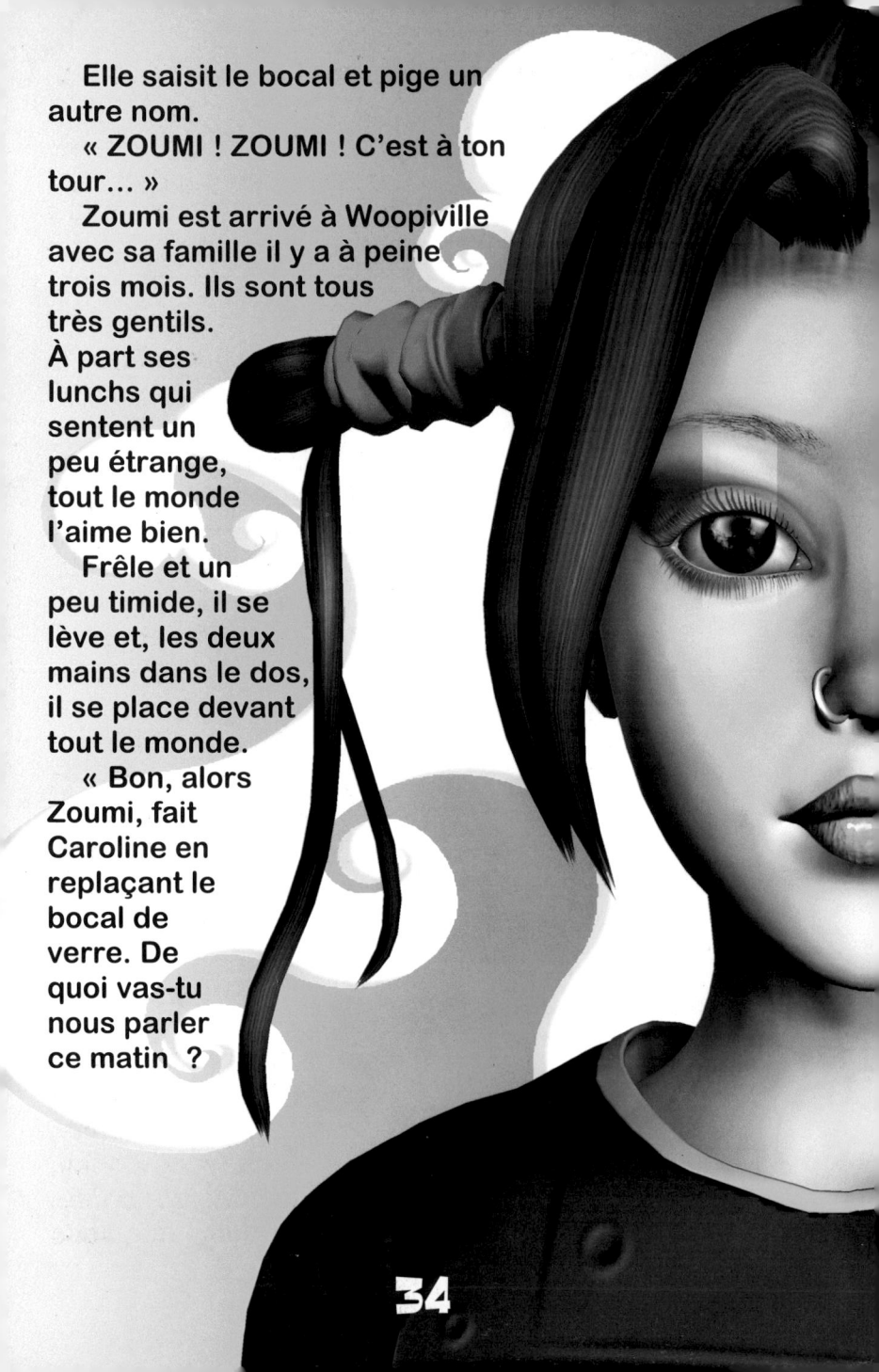

Elle saisit le bocal et pige un autre nom.

« ZOUMI ! ZOUMI ! C'est à ton tour... »

Zoumi est arrivé à Woopiville avec sa famille il y a à peine trois mois. Ils sont tous très gentils. À part ses lunchs qui sentent un peu étrange, tout le monde l'aime bien.

Frêle et un peu timide, il se lève et, les deux mains dans le dos, il se place devant tout le monde.

« Bon, alors Zoumi, fait Caroline en replaçant le bocal de verre. De quoi vas-tu nous parler ce matin ?

— Je vais vous parler, bien sûr, de ZORRO »,
lui répond-il, surpris par cette question.
Caroline le regarde d'un air étonné.
« ZORRO ? lui demande-t-elle.
ZORRO LE JUSTICIER ?
— Oui, madame. MERCI ! répond-il
en baissant la tête.
— Mais Zoumi, lui rappelle
Caroline, j'ai bien spécifié que le
sujet de votre oral ne pouvait
pas être les jeux vidéo, un
film et encore moins un
superhéros. Mais pourquoi
Zorro, dis-moi ?
— Parce que c'est vous
qui l'avez demandé,
madame, dit Zoumi. Les
Zorro devront être prêts
pour mardi matin. Nous
écouterons tous les Zorro
mardi prochain. Vous l'avez
dit plusieurs fois. Merci ! »
Plusieurs élèves sourient.
« Ah ! d'accord ! vient de
comprendre Caroline. Tu as
confondu "les oraux" avec "Zorro".
Zorro est un justicier et "oraux"
est le mot "oral"... AU PLURIEL !
Est-ce que tu comprends
maintenant ?
— Oui, madame Caroline,
acquiesce Zoumi,
la mine déconfite.
Je croyais que vous

35

étiez amoureuse de Zorro, car vous en parliez tout le temps. Les Zorro par-ci, les Zorro par-là. Tout le temps les Zorro... Lorsque j'en ai parlé à mes parents, ils ont presque voulu que je change d'école. De savoir que ma professeure était amoureuse d'un personnage de la télévision les a un peu inquiétés.

— non, ce n'est pas vrai ! dit Caroline. Tu ne leur as pas raconté ça ?

— Non, madame, ce n'est pas vrai ! sourit-il de ses belles dents blanches. J'ai fait la blague. Merci... »

Caroline le regarde, bouche bée. Tous les élèves de la classe s'esclaffent...

« PETIT COQUIN ! Tu m'as bien eue, avoue-t-elle en hochant la tête, encore un peu hébétée. Soyons sérieux, maintenant : quel est le sujet de ton... ORAL ?

— Le sujet de mon oral, madame, ÉTAIT sur les difficultés d'apprentissage d'une autre langue, et j'ai terminé... »

Dans la classe, plusieurs élèves ne comprennent pas. Mais Caroline a tout saisi. Zoumi vient de prouver à tout le monde son point avec ce petit exercice...

« Tu m'impressionnes vraiment, Zoumi ! Je te félicite pour l'originalité de ta présentation... BRAVO ! Je suis très fière de t'avoir dans ma classe. »

Zoumi retourne à son pupitre, certain de recevoir une bonne note.

« SAUVÉS PAR LA CLOCHE ! lâche Zoé en courant vers la porte. »

« ELLE DIT QU'ELLE T'AIME ! — »

Comme toujours, à la cafétéria, la file d'attente est aussi longue que la Grande Muraille de Chine. Et comme elle, on pourrait la voir de l'espace.

« BON ! se décourage Zoé en apercevant tous les autres devant elle. Je pense que nous allons niaiser ici pas mal longtemps.

— Il ne reste plus de plateau, remarque 4-Trine. Comment on va faire pour transporter notre bouffe ?

— Nous allons demander à Simon de nous la déposer directement dans la bouche, comme ça, il va nous rester plus de temps pour aller dans la cour.

— T'as une grande gueule, mais pas à ce point... TU SAURAAAS !!! »

Au comptoir, quelques élèves grimacent.

« C'est de quelle couleur ce qu'on mange aujourd'hui ? demande Zoé. Tu vois quelque chose, toi ? »

Plus grande que son amie, 4-Trine étire le cou.

« RIEN ! lui répond-elle.

— RIEN ! Ça, c'est bon, et surtout, ce n'est pas engraissant du tout... »

4-Trine baisse tout à coup les paupières et sourit. Lorsqu'elle fait cela...

C'EST QU'ELLE A UNE IDÉE !

« Je te donne mon fric, et tu me prends la même chose que toi, lui dit 4-Trine en courant vers la sortie... »

37

Elle se faufile jusqu'à la sortie...

Dehors, elle prend le fameux raccourci qui conduit subito presto au dépanneur... LA MAISON DE MONSIEUR MAURICE !

Monsieur Maurice est un vieil homme à la retraite. Depuis que sa femme est morte, il ne fait qu'écouter les feuilletons à la télé. Il laisse les jeunes passer chez lui lorsque c'est urgent ou lorsqu'ils sont en retard pour l'école, à condition de ne pas casser les fleurs de son jardin. Quand 4-Trine passe par chez lui, elle ramasse tout le temps son journal. Il traîne d'habitude sur le gazon, lancé par le camelot.

« Voilà, monsieur Maurice, votre journal...

— Merci, 4-Trine. »

4-Trine court dangereusement entre les voitures qui passent. Elle pousse la porte du dépanneur et se dirige dans la petite section ÉPICERIE.

« Je ne sais ABSOLUMENT pas faire la cuisine, se dit-elle, mais je sais que pour cuisiner et pour que ça goûte quelque chose, ça prend ça et ça... »

Elle attrape deux petits contenants et se dirige vers le comptoir-caisse.

« Oui, oui ! » lui dit Tong Pou.

4-Trine lui donne le montant exact et file à toute vitesse en direction de l'école.

« Tordant, ce Tong ! Ou Pou, je ne sais pas, car il paraît que les Vietnamiens mettent leur prénom après leur nom... »

PAS CERTAINE !!!

Sans attendre, 4-Trine emprunte le corridor qui conduit directement à la cuisine. Comme toujours, les plus vieux élèves aident à la distribution. Parmi

eux, il y a Simon, un ami. Avec sa main, 4-Trine fait quelques signes à Simon que seuls lui et Zoé peuvent comprendre. Espèce de codes avec les mains qui permettent de communiquer sans parler... MÊME DANS LA CLASSE !

Il arrive vers elle, et elle lui remet les deux petits contenants.

« Mon cher Simon, je te remets ces deux ingrédients... MAGIQUES ! Tu en mets un peu partout sur les aliments, et les élèves vont soudainement trouver la bouffe un peu meilleure. »

Simon la regarde sans trop comprendre...

« C'EST DU SEL ET DU POIVRE !!! Tu en mets partout, et ça va enfin goûter quelque chose, cette bouffe insipide... »

Simon lui fait un clin d'œil.

CAPTÉ !!!

4-Trine revient ensuite auprès de Zoé...

MISSION ACCOMPLIE !!! !!!

« Qu'est-ce que tu as fait encore ? veut savoir Zoé. Le directeur vient de me faire passer un interrogatoire, et devine ? Ton nom est sorti souvent dans la conversation.

— Ah bon ! fait 4-Trine, pas impressionnée du tout.

— Il veut savoir qui a fricoté la cloche de l'école... »

GROSSE ENQUÊTE !!!

« TUT ! TUT ! TUT ! Je m'en fous complètement. Et puis, ils ne le savent pas encore, mais ils sont vraiment... DANS LE TROUBLE ! Cette nuit, tu vas penser à moi, tu vas voir...

— Pourquoi cette nuit ? » lui demande Zoé.

Avec sa fourchette, elle pique un morceau de viande et le met dans sa bouche.

« mmmmmm ! Vraiment meilleur, ce midi, le brun dans la sauce brune... »

Après le dîner, c'est le retour en classe. Dernière avec Zoé à quitter la cafétéria, 4-Trine colle sur la porte une curieuse note...

ATTENTION !

Veuillez noter que demain, à la

CAFÉTÉRIA

seront servis aux élèves tous les repas oubliés le mois passé dans les casiers de l'école...

BON APPÉTIT !!!

« **NON !** s'exclame Zoé. Tu ne vas pas faire ça ?

— **RELAXE !** C'est pour mettre un peu de piquant... »

Dans la classe, tous les élèves sont assis et prêts à débuter. Caroline, la professeure, brasse son bocal et tire un prénom écrit sur un papier... ROSE !

« **UN PAPIER ROSE !** s'étonne 4-Trine. Qui est la **POUPÉE** qui a écrit son prénom sur un horrible et stupide papier ROSE ? »

« **4-TRINE ! 4-TRINE !** À ton tour... »

4-Trine pose ses mains sur son pupitre, et d'un bond, elle se lève. Devant tout le monde, elle inspire, prête à commencer. Mais Caroline l'arrête avant que le premier mot ne sorte de sa bouche...

« 4-Trine ! Excuse-moi de couper ton élan, mais je dois te dire une chose. Je n'ai pas du tout aimé ton attitude ce matin lorsque tu as ri de Charles. Je crois que tu as été irrespectueuse envers lui et j'exige que tu t'excuses auprès de lui et à toute la classe. »

Zoé observe 4-Trine et n'aimerait vraiment pas être à la place de son amie en ce moment.

Avec calme et dignité, 4-Trine s'excuse d'une façon très sincère auprès de tout le monde et surtout auprès de Charles. Ensuite, elle se retourne vers Caroline.

« Madame, lui dit-elle sur un ton poli, puis-je commencer ?

— Certainement ! lui répond Caroline. Quel est le sujet de ton oral ?

— **Le RespeCT**, madame. »

Un silence de mort envahit la classe...

« SORTEZ LES CAMÉRAS !!! Ça va barder... OH ! QUE OUI... »

« LE RESPECT ! commence-t-elle. Si vous regardez tous dans votre dico, vous trouverez cette définition : "Fait de prendre en considération. Sentiment de considération envers une autre personne. Politesse", etc. Ce matin, pourquoi est-ce que j'ai ri de ce que disait Charles ? »

« Parce que C'ÉTAIT DRÔLE ! C'est tout. Vous vous êtes tous retenus pour ne pas rire et vous vous retenez aussi... DE L'AIDER ! Ce matin, j'ai fait quelque chose : J'AI BEAUCOUP RI ! Et la semaine prochaine, je vais encore faire quelque chose : je vais travailler avec lui dans la préparation de son oral, qui sera, je vous préviens, DU TONNERRE ! Pour moi, c'est ça, le respect... Merci ! »

Dans la classe, les élèves sont un peu mal à l'aise...

GROSSE LEÇON ICI !!!

Les haut-parleurs placés partout dans l'école crachent : « ELLE T'AIME ! YEAH ! YEAH ! YEAH ! ELLE DIT QU'ELLE T'AIME !... »

Côte à côte, Zoé et 4-Trine, leur sac accroché à leur dos, traversent la cour de l'école au son des murmures des autres élèves.

« ET HOP ! Si tu veux mon avis, dit Zoé, cette première journée de changements a été INCROYABLE...

— Nous avons beaucoup de travail à faire, mais c'était bien... UN TRÈS BON DÉBUT !

— Et nous nous sommes vraiment amusées, ajoute Zoé, et... »

Juste à la sortie de la cour d'école, un garçon s'approche des filles. OH NON ! c'est Maxime ! LE, oui, LE GARS LE PLUS BEAU ET LE PLUS COOL DE L'ÉCOLE ! TOUTES LES FILLES LE DISENT !!!

« Je crois qu'il nous attendait, murmure Zoé à l'oreille de 4-Trine.

— T'as des fils qui se touchent ? Maxime ne court JAMAIS après personne...

— Bon-bonjour, Zoé ! A-alors tu as beaucoup de devoirs et de-de leçons ce soir ? »

Il bafouille en plus!

« Tu crois que je peux te téléphoner, ce soir ? lui demande Maxime timidement.

— Oui, oui ! lui répond-elle. Je crois que tu en es capable. »

Puis elle lui jette un regard à faire fondre un glacier avant d'attraper 4-Trine par le bras et de partir...

Plus loin...

« YAHOOUUU ! Je ne peux pas croire que Maxime va m'appeler ce soir. LE RÊVE !!! Tu crois que j'ai dit ce qu'il fallait dire ?

— COMPLÈTEMENT !

— Très cool !!!

— ÉVIDEMMENT !!! »

Dans la rue, une rutilante moto s'arrête devant elles.

C'est Alex, le frère de Zoé.

« Alors les filles, tout baigne ? »
BECS SUR LES JOUES DE SON FRÈRE !

« Nous naaageons dans un océan de bonheur, répond 4-Trine.

— J'ai fini de travailler plus tôt, et maman m'a demandé de venir te chercher, exlique Alex à sa sœur. Elle m'avait prévenu que tu avais

44

CHANGÉ TON **LOOK** et que tu étais beaucoup plus colorée. Alors j'ai cherché DEUX BOULES DE NOËL... et je vous ai facilement trouvées... »

Zoé donne un coup de poing sur l'épaule de son frère...

PAN !

« Idiot ! Ramenez-moi à la maison, CHAUFFEUR !
— Embarque ! »
Juste à côté, sur une clôture en bois, Zoé aperçoit une silhouette familière...

« 4-TRINE ! REGARDE ! C'est Capucine TON CHAT ! »

— Mais qu'est-ce que tu fais si loin de la maison ? lui demande-t-elle en la cajolant. Méchant chat ! MÉCHANTE CAPU ! On rentre à la maison...

— Pense à moi... **CETTE NUIT !** crie 4-Trine à Zoé, qui s'éloigne sur la moto de son frère. PENSE À MOI... »

Zoé lui envoie la main. 4-Trine prend la patte de son chat ...

« BYE, BYE, ZOÉ ! Bye ! Bye ! »

VROOOOOOUUUUMMMM !

46

« Est-ce que tu as faim, Capucine ? As-tu soif ? **non** ! Combien as-tu dévoré de souris et d'oiseaux aujourd'hui ? Tu sais, aujourd'hui, à l'école, il s'est passé des tas de trucs. Par exemple, j'ai appris une foule de choses sur... **La mouche** ! Savais-tu, toi, que les mouches avaient six pattes ? Toi, tu en as quatre, regarde : une, deux, trois et quatre.

Ah ! Capucine ! Comme c'est bien de pouvoir parler et de se confier à quelqu'un... »

FIN